蓝色卧铺列车杀人事件

[日] 西村京太郎——著
许昌福——译

时代文艺出版社
SHIDAI WENYI CHUBANSHE

图书在版编目（CIP）数据

蓝色卧铺列车杀人事件 / (日) 西村京太郎著；许昌福译. -- 长春：时代文艺出版社, 2023.1
书名原文：寝台特急殺人事件
ISBN 978-7-5387-7035-3

Ⅰ. ①蓝… Ⅱ. ①西… ②许… Ⅲ. ①推理小说－日本－现代 Ⅳ. ①I313.45

中国版本图书馆CIP数据核字(2022)第134946号

蓝色卧铺列车杀人事件

LANSE WOPU LIECHE SHAREN SHIJIAN

[日] 西村京太郎　著　许昌福　译

出 品 人：陈　琛
责任编辑：刘　兮
装帧设计：青空工作室
排版制作：陈　阳

出版发行：时代文艺出版社
地　　址：长春市福祉大路5788号　龙腾国际大厦A座15层　(130118)
电　　话：0431-81629751（总编办）　0431-81629758（发行部）
官方微博：weibo.com/tlapress
开　　本：880mm × 1230mm　1/32
字　　数：204千字
印　　张：10.25
印　　刷：三河市万龙印装有限公司
版　　次：2023年1月第1版
印　　次：2023年1月第1次印刷
定　　价：46.00元

图书如有印装错误　请寄回印厂调换

目　录

第一章

下行『隼鸟号』列车

下り〈はやぶさ〉

1

当青木踏上东京站13号站台，他要乘坐的蓝色卧铺特快列车“隼鸟号”已停靠在那里。

牵引“隼鸟号”十四节车厢的EF65型电力机车尚未挂接，而电源车上的柴油机却已发出低沉的隆隆声，它将为这列车的照明和空调系统供电。

这是3月27日的下午4时。

虽然阳光还很明亮，但与乘坐新干线匆匆出发不同，搭乘夜行列车出行，总有一种莫名的伤感。这种心绪或源自弧形车顶的淡蓝色车体，或由每节车厢上的“卧铺”二字所引发。

青木向前头的1号车厢走去，“隼鸟号”列车只有1号车厢是单间卧铺。

（还真有这么多人啊。）[①]

青木不由得露出了笑容。因为他看到，站台前方集聚着很

---

① 依据原文，人物的所想内容用括号表示。

多手持照相机、录音机以及八毫米[1]摄影机的年轻人。他们多半为中小学生，而且都是男孩儿。

青木听说，被冠以“蓝色列车”昵称的夜行卧铺列车最近在少年群体中人气爆棚，而眼前的情景就是一个很好的佐证。

其中一些少年，打着闪光灯对着列车一通乱拍，也有的拿着八毫米摄影机不停地拍摄。从表情上可以看出，他们只要能拍到蓝色列车就已心满意足。

还有的少年慎重地架好三脚架，等待着“隼鸟号”发车。当然，也有几个成年人夹杂在拍照的人群当中。

其实，青木也是作为周刊杂志的记者来采访蓝色列车的。总编命令他乘坐“隼鸟号”列车一直到终点站西鹿儿岛[2]，让他探明蓝色列车现在如此受人欢迎的奥秘。

单间卧铺的车票是青木五天前拿到手的。车票一般提前一周开售，但最近蓝色列车人气飙升，单间卧铺票很难买到。

出发前，宫下总编再三叮嘱青木：

“车票可是靠我那点儿少得可怜的关系好不容易才弄到手的，你可要给我写出一篇好看的报道啊！”

青木从口袋里掏出车票，再次确认是1号车厢7号包厢后，走进了单间卧铺车厢。

---

① 该数值指的是胶片的宽度。

② 西鹿儿岛站是位于日本九州地方南端的鹿儿岛县鹿儿岛市的铁路车站。

车厢的一侧是一米多宽铺有地毯的狭长过道，沿着这条过道排列着十四间包厢。

入口处是乘务室，过道的最前头是两间厕所和存放毛毯等备品的储藏间，再往前就是通往电源车、行李车的车厢门。

青木的7号包厢位于车厢的正中间。青木拉开门走了进去。

单人包厢并不宽敞，但必需的物品一应俱全。

纵长的座席就是床铺，上面整整齐齐地叠放着毛毯、睡衣以及用白色枕套包裹的枕头。地板上是一双与车身颜色相同的蓝色拖鞋。一看到这些，无论你是否情愿，马上就会沉浸到坐夜行列车旅行的氛围当中。

包厢里有一个一米见方的正方形车窗，靠窗固定着一张小桌。打开桌盖儿，下面就是一个洗脸池，里面的两个水龙头分别标有字母H和C①。青木坐车的目的在于采访体验，所以他特意拧开标有字母H的水龙头试了试，发现还真有一股热水流出。

青木试着坐了下来。他身高一米七，体重六十五公斤，是日本人的标准体型，躺在铺位上并不觉得局促，不过如果换上当今那些个儿高腿长的年轻人，恐怕就会觉得有些狭窄了。

座席对面的墙壁上挂着一面大镜子，下面有一个标有AC100V的电源插口，用于插入电动剃须刀。

---

① 冷热水标志。H（hot）代表热，C（cool）代表冷。

门旁排列着一排开关，可以开闭室内灯、空调等，最边上还有一个红色的按钮，上面写着“警报”二字。青木想，万一发生什么事，按一下这个按钮乘务员可能就会跑过来。这种念头忽然诱发了青木试着按一下这个按钮的冲动，可他又慌忙摇了摇头，放弃了。

在左右的墙壁上各有一个挂衣服的衣帽钩，其中的一个衣帽钩上挂着一个扁平的衣架，一看就是便宜货。

青木把大衣挂在衣架上，拿上相机拉开门刚要往外走，差点儿撞上一个高个儿男子。

青木连忙说了声“对不起”，可对方却默不作声，径直走到过道的最里面，进了1号包厢。男子手提一个公文箱，一副精英职员的模样。

（真是一个冷漠的家伙。）

青木不满地“嘁”了一声。

车厢门口附近的包厢也有了乘客。由于门开着，青木顺便望了一眼，只见一个二十四五岁的小伙子正在往八毫米摄影机上装胶片。

这时，青木发现，站台上那些拿着相机的孩子们纷纷向列车的前方跑去。为了看个究竟，青木下车来到站台上。只见牵引“隼鸟号”的电力机车正在进行挂接，孩子们跑过去是想拍下这一瞬间。

“哐当”一声闷响，EF65型电力机车挂接了“隼鸟号”的车厢。

青木看了一下手表，下午4点30分。还有十五分钟，下行[①]“隼鸟号”列车就要发车了。这正是乘客们陆续上车的时间。

突然，站台上响起了急促的铃声。对面12号站台开往长崎方向的蓝色列车“樱花号”就要发车了，那些少年为了拍摄即将出发的“樱花号”，又都跑向了站台的另一侧。

青木拍摄了三张这些孩子们的照片后，回到了自己的车上。

刚步入过道，青木满脸惊愕地呆立在那里。他看到一位年轻女子正凭窗望着站台，那侧影美得令人惊叹。

2

女子身穿浅褐色大衣，竖起领子，正凝望着站台。如果白天在熙熙攘攘的银座大街上遇见她，也许只会觉得是一个随处可见的平凡女子。可在夜行列车这一特殊的情景中，女子的侧影看上去显得有些孤寂，同时又令人感到极为新奇。

青木举起相机按下了快门。

闪光灯的光亮使女子蓦然回望。她显得很惊诧，一双大眼

---

① 在日本，以东京为中心，开往东京方向的列车称为上行列车，反之称为下行列车。

睛里充满了困惑和责难。

青木挠了挠头，很得体地向女子说道:“啊，对不起！因为您刚才的侧影太过于诗情画意，我不由得按下了快门。对了，我是杂志社的记者。”

说着，青木把印有“新时代周刊”的名片递了过去。

女子虽然接过名片，但仍没有消除困惑。

青木不顾女子的疑虑，问道:“你去哪儿?”

“西鹿儿岛。”女子的回答很简短。

“这么说，你是要坐到终点了，夜行列车只有坐到终点才够浪漫。我是来采访蓝色列车的，也去西鹿儿岛。”青木自顾自不停地说着，“你在几号包厢?”

“8号。怎么了?”

“那你就在我隔壁。我想在报道里用一下你的照片，可以吧? 对了，这次让我从站台上给你拍一张凭窗眺望的照片。”

青木没等对方回答，就已下车来到站台上。《新时代周刊》作为面向年轻人的杂志，颇有名气。在一般情况下，被拍照的人虽然开始会有些犹豫，但大多还是会同意做报道里的照片模特。所以，青木并没有在意女子是否应允。可他在车外走到刚才的那扇车窗前时，那女子已不见了踪影。

青木甚感失望地“嘁”了一声。由于车窗是密封的，在站台上无论怎样召唤，车内的人也根本听不到。无奈，青木拍了几张站台上的景物后回到了车上。

过道里，刚才那个手持八毫米摄影机的小伙子正透过车窗拍摄着站台。女子说的 8 号包厢房门紧闭，门上的小窗也从里面拉上了窗帘。

（真是个冷漠的女人。）

青木边想边走进自己的包厢，关上房门，躺在了铺位上。

不久，发车的铃声响了。“呜——”随着汽笛声，十四节编组的下行卧铺特快“隼鸟号”“哐当”震动了一下，缓缓驶出了东京车站。

此时，青木的思绪已脱离采访，突然陷入莫名的感伤之中。

“启程远行”的念头从青木的脑海里掠过。

迄今为止，青木出门采访乘坐的都是飞机或新干线。他每次都是匆匆出发，从未体验过启程远行的心情。

青木躺在铺位上，眺望着窗外不断掠过的东京街区的景象。

3 月末的下午 5 点，天还亮着。不过，暮色也渐渐开始笼罩大地。

发车后，乘务员马上开始验票。听乘务员说，单人包厢已经满员。

青木点上一支香烟，开始阅读一篇有关蓝色列车的报道。

这篇报道称，蓝色列车在国铁[①]的正式名称是“卧铺特快列车”。之所以被称为蓝色列车有两种解释：一种说法是，因为

① 国铁，日本国有铁道的简称。

整个车体呈蓝色；另一种说法是，仿效了法国著名的夜行列车“蓝色列车”之名。

青木觉得，后一种说法更为浪漫。正想着，列车已驶进了第一个停车站——横滨站。

这里的站台上，也出现了一些手持相机和录音机的少年。看这种势头，到达任何一个停车站，都会有一些少年在那儿等候拍照和录音。

当列车行驶到真鹤附近，夜幕开始降临，一轮皎洁的圆月浮现在车窗上。

凝望窗外，昏暗中家家户户的窗子里透出模糊的黄色灯光。随着列车疾驰，这些灯光也不断地向后飞逝。时而也会突然出现红色灯光，那里可能是派出所或急救医院。

躺在铺位上闭上双眼，会听到车轮碾过铁轨接缝时有节奏的声响，偶尔还会听到划破天空的汽笛声。

由于口渴，青木走出了包厢。洗脸池水龙头里的水也可以饮用，不过青木还是想起在过道的前端设有一个饮水处。

从去年年底到现在，日本全国都普遍缺少雨水，甚至被认为是气候异常。东京还处于控制用水阶段，而雨水较少的地区，尤其是东海地区的各个城市，都一律采取了定时供水的措施。

青木想，如此口干舌燥一定是由于空气太干燥。

在过道尽头的厕所旁边有一个饮水处。也许是和青木一样感到口渴，刚才摆弄八毫米摄影机的那个小伙子正在那里用纸杯喝着水。

青木喝水时，列车已行驶到了第二个停车站——静冈。这个城市现在也正处于定时供水状态。

青木看了看手表。晚上 7 点 13 分，正点到达。

青木往回走时，不由得惦念起隔壁的女子来，于是朝 8 号包厢望了一眼。

8 号包厢的门开着一条缝，女子并没有在里面。

（好像是去了餐车。）

青木猜想着。他自己也想吃晚饭，便向餐车走去。

这趟列车从 2 号车厢开始，都是上下两层的二等卧铺，卧铺与过道之间是用拉帘隔开的。

由于刚过晚 7 点，几乎没有乘客在睡觉。他们有的在铺位上打扑克，有的在吃盒饭，还有人在看漫画。

列车又开动了。在摇晃的过道上，有小孩儿啪嗒啪嗒地跑来跑去。青木想，单间卧铺虽然不会被人打扰，但也缺乏情趣。只有乘坐二等卧铺，与素昧平生的人一路同行，才能真正体验到旅行的乐趣。

餐车位于列车中部的 8 号车厢，里面几乎坐满了人。青木开门走进去，便听到餐厅女服务员忙前忙后打招呼，高声喊着：“请与其他乘客同桌用餐……”

青木发现，那位女子坐在靠里面的桌子旁边，便朝她走了过去。

在东京站见到她时，她穿的是浅褐色大衣，竖起领子遮着脸，可现在却穿着一身鲜艳的粉红色连衣裙。

“嗨！”

青木坐到她的对面，很随意地打了一声招呼。

女子好像刚用完餐，正喝着餐后的咖啡。她抬头看了一眼青木，默不作声，目光里显露出厌烦的神情。

（真是个冷漠的女人。）

青木再次感受到该女子的冷漠，同时又觉得她身上有一股诱人的神奇魅力——忧郁之美。

她容貌端庄，却不知为何透露出薄命之相，属于那种男人们都想呵护的女人。青木开始对她为何如此忧郁产生了兴趣。

青木点了一份菜单上的关门[①]套餐和啤酒后，开口问道：“冒昧地问一下，你是不是有什么心事啊？”

也许说中了要害，女子手中正要送到嘴边的咖啡杯停在了半空。

不过，女子放下咖啡杯，摇了摇头说：“没有。”

“那太好了。看到一位年轻美貌的女子显得心事重重，不免让人放心不下。”

“没什么可担心的。”

“是吗？”青木朝女子笑了笑。

---

① 关门，下关市和北九州市门司区的合称，有著名的关门海峡和关门隧道。

“如果方便的话，能不能把你的名字告诉我？还有，你去西鹿儿岛做什么？”

“……”

“是职场女白领？”

“什么？”

“我说的是你。不管怎样，我想把你的照片刊登到杂志上，能把你的姓名和住址告诉我吗？”

说着，青木拿出记事本，望着女子。

女子刚要开口说什么，可眼神突然变得直愣愣的。青木看到她的目光越过自己，正直直地望着自己身后的餐车入口处。

青木也猛然回身望去。

只见一个三十七八岁、身穿双排扣西服的男子站在餐厅入口处，正寻找空座位。

“那个人，你认识？”

当青木收回目光时，女子已经离开了座位。

女子在收银处结完账走出餐车时，在入口与那位男子错身而过。男子笑着说了句什么，可女子却扭头走了出去。

（这情景颇为奇妙。）

正想着，青木要的啤酒和套餐端了上来。青木是受菜单名字的诱惑才点的关门套餐，等端到桌上才发现没有任何特别之处，只不过是普通的幕间便当[①]而已，价格却要八百日元。

青木苦笑了一下，端起啤酒喝了起来。

“打扰了。”

一位男子坐到了对面，正是刚才那位穿双排扣西服的男士。

青木若无其事地观察了一下正在向女服务员点炖牛肉的男子。

从远处看，该男子像三十七八岁，可眼前的他显得更年轻。他长得很帅气，但那双薄薄的嘴唇却透出一丝冷酷。

（他和那个女子是什么关系呢？）

青木很想知道其中的内情。

男子拿出一盒箭牌香烟，用戴着白金戒指的手指从中抽出一根叼在嘴上。

“请问，你在哪儿下车？”那位男子先开了口。

“西鹿儿岛。”

听到青木的回答，男子莞尔一笑说：“那太好了，我也到终点站西鹿儿岛，咱们可以搭个伴儿。”

“可我坐的是……”

“1号车厢的单间卧铺，是吧？”

“是啊，你怎么知道？”

---

① 幕间便当，原指人们在戏剧演出幕间休息时吃的盒饭，此处指盛有饭团和简单菜肴的简易日式盒饭。

“我好像在1号车厢的过道里见过你。你是蓝色列车的爱好者吗？”

“为什么这么说？”

“因为我看见你拿着相机来餐车。”男子微笑着，瞄了一下青木放在餐桌上的相机。

“我是来采访的。”说着，青木把名片递了过去。他想，这样对方也会递来名片。

“嗬！你是《新时代周刊》的记者呀。”男子显出很敬佩的样子，一边说着一边把手伸进了自己的西服内兜，“糟糕，名片夹忘带了。我叫高田，是律师。”

“你是律师啊。”

“隶属东京律师会。”

高田说完，突然转换话题问道：“青木先生，你和刚才坐在这里的那位女子很熟吗？”

3

青木疑惑地看了一眼高田，问道：“为什么这么说？”

“我只是瞅了一眼，发现你和她好像很亲密，是同一个杂志社的女记者吗？”

“不，我和她素不相识。我只是觉得，写蓝色列车的报道时，加上年轻女子的照片会更有意思，所以只是问了问她去往何处。”

“结果呢？”

“看来我没什么魅力，她没有理我。我还以为你和她认识呢。”

“我？”高田睁大了眼睛，显得很吃惊，“你为什么这么想？”

“刚才她望着餐厅门口显出很吃惊的样子，我也回身望了一下，发现你站在门口，所以我还以为她认识你。”

“哈哈哈哈！”高田突然笑出声来，“这太有意思了。”

“我的话可笑吗？”

“我不是那个意思。她坐的是1号车厢的8号包厢。”

“这我知道。”

“我是她的隔壁，9号包厢。因为她是个美女，我就搭讪了一下。看来我和你一样没什么魅力，所以碰了一鼻子灰。一想到你我彼此彼此，觉得非常好笑。”

“哈哈哈哈！”高田又笑了起来，似乎很愉快。

青木并没有跟着笑。不知怎么，他对高田就是喜欢不起来。

用完餐，青木说了声“失陪，我先走了”，便起身离开了餐厅。

回到1号车厢，他朝8号包厢看了一眼，发现房门紧闭，拉着窗帘。

青木看了看手表，还没到晚上8点。

他走进自己的包厢，在狭窄的桌子上打开了记事本。列车依旧伴随着有节奏的响声，继续行驶在夜幕中。

“在夜行列车上，有时会遇见莫名忧郁的女子。”

青木在记事本上写下了这句话。

他觉得，这是一个不错的文章开头。照这样写下去，再配上该女子的照片，总编恐怕没什么可挑剔的。正想着，他意识到自己的相机忘在了餐车上。

青木急忙返回到餐车。餐车里的人比刚才少了一些，高田也不见了。

青木来到刚才就餐的餐桌前，没有看到相机。青木脸都吓白了，因为那是杂志社的相机，还是崭新的，要赔的话得花费十万日元左右。

“看到相机了吗？”青木脸色苍白地问女服务员。

“相机，我替您保管了。”服务员答道。

听到这句话，青木浑身的紧张感顿时消失。

女服务员从收银台后面拿出黑色尼康相机问：“是这个吗？”

“正是。这下好了，谢谢你。”

“是刚才在那张餐桌上用餐的乘客送过来的。”

“是穿藏青色双排扣西服的那位？”

“是的。”

原来是他。青木想，尽管自己不喜欢高田，但说不定他是一个意想不到的好人，下次见面时一定要好好谢谢他。

青木回到了1号车厢，他还朝高田的9号包厢望了望。门开着，但里面没有人。

（也许去了卫生间。）

青木回到自己的包厢，拿起笔想继续写刚才的报道。他想，如果把相机被忘在餐车上，后来又失而复得的轶事写进报道里，可能很有意思。

青木放下笔，拿起找回的相机，对着窗外掠过的夜景按下了快门。

（欸？）

当扳动卷片扳手时，青木感到相机很奇怪，就像没装胶卷一样，倒片摇把也在空转。

他急忙打开胶卷仓盖儿，发现装在里面的胶卷不翼而飞了。

4

青木清楚地记得，今天离开杂志社之前，他把一盒可拍三十六张照片的彩色胶卷装进了相机里。

一定是有人把胶卷抽走了。

（一定是那个家伙！）

青木想，保管相机的餐车服务员不可能从乘客的相机里抽出胶卷，一定是那个叫高田的律师干的。

可青木弄不明白，高田为什么要干这种勾当。

无奈，青木只好装填一个新胶卷。他一边装胶卷一边想，按常理，高田抽出胶卷的理由只能有两个：一是高田讨厌自己，所以故意使坏；二是胶卷里有对高田不利的镜头。

不知何故，青木打心眼儿里讨厌高田。按此推论，对方可能也有同样的感受，所以很可能是故意使坏。可高田要对青木使坏，可以把相机拿走或直接扔到车外，这样会给青木带来更大的麻烦，这是显而易见的道理。

虽然抽走胶卷也是一种使坏的方式，但只要相机在，胶卷可以再次装填，并不会给青木带来太大的麻烦。

如此看来，高田抽走胶卷的理由只可能是第二个——他认为胶卷里有对他不利的镜头，所以才把胶卷抽走。

可青木并不记得他给高田拍过照，因为青木是在餐车里第一次遇见他。

（如此看来，这件事只能与8号包厢的那个女子有关。）

高田很在意那个女子。虽然高田说，他是在蓝色列车上第一次遇到该女子，觉得她很有魅力才去搭讪，但他们两人有可能早已认识。所以，很可能是高田偷走了拍有该女子镜头的胶卷。可他为什么要这样做？青木越想越理不出头绪。

女子说过，她去终点站西鹿儿岛。这趟列车到达西鹿儿岛的时间是明天下午2点42分，现在是晚上7点53分，所以还有十八个多小时，在此期间青木完全可以再次给该女子拍照。

也就是说，高田的行为是徒劳的。可高田为什么还要这样做呢？

各种疑问不断地在青木的脑海中萦绕。这也难怪，因为青木既不了解该女子，对高田也是知之甚少。

青木决定不再为此事烦恼了，他只想再次给女子拍照，把照片用在自己要写的报道上。

虽然青木对高田的行为感到生气，但如果面对面直接质问，高田只会申辩说自己一无所知，因为没有任何证据证明是他抽走了胶卷。

晚上9点35分，列车按时到达了名古屋。

青木想，也许该女子会站在过道里，便拿起相机出了包厢。

但女子并没有出现在过道上，8号包厢的门紧闭着，依然拉着窗帘。

手持八毫米摄影机的小伙子，先是下到站台上拍摄，然后回到车上，等列车开动时，他又打开入口旁的小窗户，在那里拍摄渐渐远去的名古屋站的灯光。

青木本以为特快列车的窗户都是打不开的，此时他才知道蓝色列车不一样。

青木以略带敬佩的口吻说道："这车窗还能打开呀？"

听到这话，那位手持八毫米摄影机的小伙子从窗户缩回头来，略显得意地说："蓝色列车1号车厢的这扇车窗和乘务员休息室的车窗是可以打开的。"

这是一扇八十厘米见方的下拉式小窗。

冷风从窗户灌了进来。年轻人关上小窗，瞬间风停声息。

“你知道的事还真不少啊。”

听到青木的赞许，这个身高近一米八的小伙子说道：“我喜欢蓝色列车，所以对它进行了很多研究。”

“你是大学生？”

“不，已经参加工作了。我向公司请了假，去一趟九州，回来时也打算坐蓝色列车。您是做什么的？”

“在杂志社工作。”

“是准备写蓝色列车的特辑吗？”

“就算是吧。”

“车到大阪时，您最好下去看一看，车在那儿停四分钟。”

“我记得车到大阪的时间是半夜0点08分，大半夜的有什么可看的吗？”

“那里有著名的‘少年三人组’。他们好像都是中学生，列车到达前他们就会拿着相机蹲守在那儿，准备拍摄蓝色列车。”

“过半夜0点？”

“是啊，所以他们又被称为‘怪癖三人组’。”

小伙子笑着走进了他的14号包厢。

此后，青木在过道耐心等待了十分钟，仍未发现女子要出来的迹象。

无奈，青木又回到自己的包厢，从波士顿包里拿出在东京站买的便携威士忌。青木旅行时一定要买上这种小瓶威士忌，一小口一小口抿着消磨时间。这样，到半夜时分正好喝光，然后就能美美地睡上一觉。

青木喝了两小口威士忌后，把酒瓶放在了桌子上。

这时，车内广播里传来了乘务员的声音：

“为了不影响大家休息，在明天早晨到达小郡车站之前，将停止车内广播。大家晚安！”

青木想，这样一来女子就越发不会从包厢里出来了。她若是锁上门睡过去，恐怕到明天早晨为止都不会出现在过道上。

晚上 10 点 02 分，列车正点到达岐阜。

晚上 11 点 34 分，列车正点到达京都。

下一站就是大阪了，青木想起小伙子说过的“少年三人组”。车快到大阪时，他拿着相机来到了过道上。

过道的窗户都被乘务员放下了遮光帘。青木撩起一个遮光帘向外望去，只见列车正渐渐接近大阪站。

那个小伙子也拿着八毫米摄影机走了出来。还有一位身穿睡衣、手持闪亮柯尼卡相机[①]的男子，也从 10 号包厢走到过道上。他好像也听说了大阪站“少年三人组”的事，是特意出来拍照的。

“隼鸟号”驶进车站。由于时间很晚，站台上空荡荡的，似

① 闪亮柯尼卡相机，指柯尼卡相机 C35EF，第一代装有闪光灯的民用照相机。

乎没有乘客上车。

列车驶近站台前端，还真有三个中学生模样的少年，头戴棒球帽，手持带有闪光灯的照相机，正拉开架势准备拍照。

列车停了下来。青木刚把镜头对准他们，却被其中一个少年拍了个正着。一瞬间，青木被闪光灯晃得闭上了眼睛。

那个戴着眼镜的少年朝着青木点了一下头表示歉意后，为了拍摄车头又急忙朝前方跑去。

青木苦笑着走到站台上。

青木找到其中一位少年问了一下。少年回答说，他们为了拍摄相继进站的蓝色列车，一直要等到早晨。当问到拍那么多蓝色列车的照片做什么时，少年笑了笑没有回答。想当年超级跑车热门时，曾有一些少年拍了照片后强行卖给朋友，这三个小家伙也许也在做这样的事。

四分钟的停车时间到了，青木回到了车上。

“怎么样？拍到好照片了吗？”站在过道上的高田前来搭话。他穿着衬衫，打着领带，还没有换睡衣。

列车开动了。

“还行吧。”

“你把相机忘在了餐车上，我把它交给了服务员。看样子，相机丝毫无损地回到了你手里。”

“多亏了你。”青木姑且对他表示了谢意，但又按捺不住地说了一句，“可奇怪的是，装在里面的胶卷被人抽走了。”

说完，青木直盯着对方。

“哦？”高田略显惊讶，歪着头表示怀疑，“还真有这种怪事啊。能不能是你忘装胶卷了？”

“我清清楚楚地记得，离开杂志社的时候装了一盒可拍三十六张照片的胶卷。”

“这么一来，这事就越发奇怪了。也不可能是餐车服务员干的呀……”

“不是你抽出来的？”

“我？”高田反问了一句，突然大声笑了起来，“这太有意思了。我把你的胶卷抽出来又有什么用？”

高田说完，笑着走进了9号包厢。

青木感到很恼火，回到自己的包厢继续喝起他的威士忌。

二十四分钟后，列车到达了三宫站。根据时刻表，列车在凌晨3点35分到达系崎车站之前不停车。

不知是由于这个缘故，还是由于列车在有节奏地晃动，青木突然感到一阵困意袭来，便闭上了眼睛。

5

列车在夜色中一路向西。

尿意催醒了青木。他站起身来，感到有些头痛。他想，这可能是由于宿醉，也可能是由于这两天有点儿感冒。

青木晃了晃头，来到过道，向位于过道尽头的厕所走去。

过道尽头向左拐，并排有两个厕所。青木方便了一下，感到头脑清醒了些。

当青木回到过道，正好有乘客从 8 号包厢开门走了出来。

（再跟她谈谈，求她配合拍个照。）

青木这样想着，刚要上前搭话，话到嘴边又咽了回去。

青木愕然了。从 8 号包厢走出来的竟是另一个女人。

原先那个女子二十二三岁，身穿粉红色连衣裙，外面披着一件浅褐色大衣，美丽的脸庞上带着忧郁。可眼前过道上的这位女子却穿着和服，三十多岁，身材矮小。

女子走近青木，说了声：“对不起，请让一下。”便从他的身旁走过，向厕所方向走去。

青木望着女子的背影，等她走远后急忙跑到女子出来的那间包厢门前。青木想，也许是自己弄错了，该女子可能不是从 8 号包厢出来的。

乘务员说过，十四间包厢已经客满。在此之前，青木只见过其中的五个人，其他八个人他根本没有见到，也许其中就有这位穿和服的女子。

但青木发现，穿和服的女子的确是从 8 号包厢走出来的。他透过开有五六厘米宽的门缝往里瞧了一眼，没有发现任何人。

看来，不像是乘坐二等卧铺的女子的朋友偶然遇见那个女子而来这里玩儿的。

（这就奇怪了。）

那位有魅力的女子到底去哪儿了呢？青木皱起了眉头。

青木正站在过道上苦思冥想，穿和服的女子走了回来。

“对不起，请让一下。”

女子说着，从青木前面走过。当她正要走进8号包厢，青木条件反射般叫住了她。

“对不起，我想问一下……”

“什么事？”女子用警惕的目光看着青木。

“您是8号包厢的吗？”

“是啊。”

“我记得在这个包厢的是一位二十四五岁、穿着大衣的女士。您是在东京上的车吗？”

“那当然，我要去西鹿儿岛。那又怎么了？”女子一脸不高兴地反问道。

“可是，8号包厢里原来是另一个人啊……”

“您这样说话太失礼了！”女子拉下脸，声音也大了起来。

青木哑口无言，不知所措。这时，乘务员来到过道用温和的语气提醒道：“大家都休息了，二位能不能小声点儿。”

“都怨他，净说些稀奇古怪的话。”女子噘着嘴说道。

“怎么回事？”

“他那意思，就好像我不该坐8号包厢似的。”

“为什么？”乘务员问青木。

“我是在东京上的车，当时坐8号包厢的是一位高个子、穿粉红色连衣裙的女子。她说要坐到终点西鹿儿岛，而且我们在餐车一起吃的饭，我还给她拍过照片。可没想到，刚才这个人从8号包厢走出来，吓了我一跳。”

“我的确是在东京上的车。”女子表情严肃地说道。

“那您应该有车票吧？”

听到乘务员的话，女子从和服袖口的兜里拿出了车票。

乘务员拿到手里看了一眼，点了点头说：“是的，没问题。”

然后又转向青木：“是不是您弄错了？”

“不可能啊？！”

“可这位女士手里有8号包厢的车票，而且验过票。也就是说，她一直坐在这趟列车上。”

“那原先在8号包厢的那位年轻女子去哪儿了？”

“我怎么知道。真的有那样一位女士吗？”

“当然有，你应该记得呀！”

“我不记得。这趟列车共有四名乘务员，也就是说一个人要负责三四节车厢，我们不可能把每位乘客都记住。就说现在，您，我就不记得。”

“对了，9号包厢的乘客见过那位女士。他是一位律师，叫高田。你问问他，就会知道我说的都是真话。”

“可现在大家都睡了，等明天早晨起床后再问吧。”

“不行，请现在确认一下。”

“为什么？”

“因为我担心。”

“担心什么？”

“你听我说。我见过原来坐 8 号包厢的那位女士，可现在换了一个人。说不定那位女士现在有生命危险。这种可能性很大，我可无法若无其事地等到明天早上。”

“可现在……”

“快去呀！一个人在这趟列车上消失了。她要是死了怎么办啊？”

迫于青木的严厉语气，乘务员只好敲了敲 9 号包厢的门。

“谁呀？”里面传来了一个男子的声音。

“我是列车乘务员，有事想问您。”

“我刚刚要睡着。”

“实在对不起，有件事无论如何也要马上请教您。”

“真是没办法。”

一个身穿睡衣的男子，嘟囔着打开了包厢门。

在那一瞬间，青木不由得“啊！”地叫出了声。

不是他！

站在那里的不是高田律师，而是一位陌生男子。

6

男子五十岁左右，秃头，敞着怀，抓挠着前胸走出来，看着乘务员和青木问道：“到底是什么事？”

“是这样的……”

乘务员刚开口，青木拉了一下他的衣袖说：“不对！”

“什么不对？”

“原来坐9号包厢的不是他。”

“这个人在说什么？”男子露出不悦的神情，瞪眼看了一下青木，问乘务员。

乘务员显得不知所措，急忙向男子道歉：“实在对不起。”

说完，乘务员把青木拉到过道的一端问道：“到底是怎么一回事？”

“我还想问你呢。刚才那个男士不是原来9号包厢的那个人，他俩不是同一个人。”

“又不对了？”乘务员显得不耐烦地耸了耸肩。

“原来坐9号包厢的那个人，穿着藏青色双排扣西服，三十多岁，很英俊。是一个叫高田的律师。”

“你说的是刚才那个人？”

“我不是说了嘛，我说的是另外一个人。”

“我说，这位乘客，”乘务员有些疲惫地说道，“我建议您好好休息一下，您一定是做了什么噩梦。要不，我把所有的乘客都叫起来？”

“不！不必了。”

青木回到自己的7号包厢，关上门坐到铺位上，抽着烟陷入了沉思。

（这到底是怎么回事呢？）

那个女的——不，不仅是她，还有高田，他们到底都消失到哪里去了呢？

列车减缓了速度，看样子是临近车站了。

青木向窗外望去。

列车缓缓驶过深夜空无一人的车站。

“仓敷”，青木看到了站牌上的站名。

“到仓敷了。”

青木自言自语，看了一下手表，时针指向凌晨4点02分。

（都过4点了。）

刚想到这儿，青木急忙又看了一下手表。他有些不敢相信，揉揉眼又重新看了一遍。可他无论看多少遍，时针依然在越过4点的位置上。

青木从波士顿包里拿出了列车时刻表。

他感到有些奇怪，便再次查看了一下“隼鸟号”的时刻表。

列车凌晨3点35分到系崎站，而仓敷站是系崎站的前十二站[1]，所以现在应该不到3点才对，可青木的手表怎么看都已过了4点。

青木戴的是一个月前刚买的石英表，这种表一天也不会差一秒，怎么就快了一个多小时呢？

是这趟列车因事故晚点了吗？可那样的话，其他乘客就会嚷嚷，乘务员刚才也会说明的。

（这么说来……）

青木突然想到一件事，他又把时刻表看了一遍。

从东京开往山阳[2]、九州方面的卧铺特快列车共有七列：

樱花号	16：30始发	开往长崎·佐世保
隼鸟号	16：45始发	开往西鹿儿岛
瑞穗号	17：00始发	开往熊本·长崎
富士号	18：00始发	开往西鹿儿岛
晨风1号	18：25始发	开往博多
晨风3号	19：00始发	开往下关
濑户号	19：25始发	开往宇野

其中，开往西鹿儿岛的只有“隼鸟号”和“富士号”两趟

①　因为是特快列车，中间很多站不停车。

②　山阳，山阳地区的简称。主要包括冈山、广岛两县和山口县中南部。

列车，而且这两趟蓝色列车的车辆编组完全相同。列车的1号车厢是单间卧铺，从2号车厢开始均为二等卧铺，就连餐车所在的位置也都相同。

（如果自己乘坐的这趟车不是“隼鸟号”而是“富士号”呢？）

青木想，如果是这样一切就都对上了。

“富士号”比“隼鸟号”晚一小时十五分从东京发车，运行到这里的时间刚好过凌晨4点。

如果是这样，即使他曾在1号车厢见过的那些人都消失了也并不奇怪。

（一定是那瓶威士忌！）

青木想，一定是有人往威士忌里投了安眠药。

可能是在大阪车站，当他下车到站台拍照时有人动了手脚。等他喝了投了药的威士忌熟睡后，有人把他从“隼鸟号”弄下来，搬到一小时十五分以后开来的“富士号”上，而且搬进了相同的1号车厢7号包厢。

于是，青木开始寻找那瓶威士忌。

（不见了！）

他记得，他只喝了三分之二就把酒瓶放在桌上，可现在不见了。地板上、架子上都找遍了，还是没有找到八百日元的小瓶威士忌。

如果这趟列车就是青木在东京乘坐的那趟“隼鸟号”，为什么那瓶威士忌不见了呢？一定是有人怕从中检测出安眠药，把瓶子扔掉了。

突然，青木感到左臂有些刺痛。他注意到左臂的上部有一个红色斑点，很像是用针注射过的痕迹。

（不但往酒里投了安眠药，还注射了麻醉剂？）

为了证实自己推理的正确性，青木冲出了包厢。

过道上，刚才那个9号包厢的秃头男子正在抽烟。

“你也睡不着了？”男子问道，“我刚入睡就被你和乘务员吵醒，现在睡不着了。你有威士忌吗？”

“威士忌？”

“我想，喝了它也许能睡着。”

“没有了。现在几点？”

“嗯……”男子看了眼手表，“现在是4点16分。怎么了？”

（完全吻合。）

青木又问：“这趟车是开往西鹿儿岛的吧？”

“是啊，我也去西鹿儿岛。”

“我也去终点。这趟车是下午2点42分到达西鹿儿岛吧？”

“不对，是晚上6点24分到达。你说的那是‘隼鸟号’吧？我去年年底坐过一趟‘隼鸟号’，记得是下午两三点就到了。”

“这趟列车是下行‘富士号’吧？”

“是啊。你没事吧？”男子奇怪地望着青木。

"真是'富士号'啊。"

"这还用问吗？你以为你坐的是哪趟车？"

男子直勾勾地看着青木。也许他感到有些害怕，急忙回到9号包厢关上了门。

看到连自己乘坐的车次都不记得的人，感到害怕也在情理之中。

过道上只剩下青木一个人。

他想，这趟列车是"富士号"而不是"隼鸟号"，这一点已经毋庸置疑了。

可他怎么也想不明白，到底是谁，为什么要给他打麻醉针让他睡过去，为什么要把他从"隼鸟号"弄下来，再把他搬到一个半小时后开来的"富士号"上？

眼前最大的问题是车票，青木手里拿的是"隼鸟号"的车票。跟乘务员解释说，有人在他熟睡时把他搬到了"富士号"上，恐怕乘务员也弄不明白是怎么回事。

反正，车票的事需要想办法解决。青木很想把此事向乘务员说明一下，得到他的理解。

青木想等到天亮，可到了早晨，其他乘客都会起床，乘务员恐怕无暇耐心听取他对这件事的说明。

于是，青木下定决心，朝乘务员室走去。

打开过道的门，就能看到专务乘务员[1]室。

乘务员恐怕也在睡觉。青木有些犹豫，但还是决定敲开乘务员室的门。

可他刚要举手敲门，就被从背后悄然靠近的人重重敲击了一下后脑勺。

瞬间，青木感到两眼发黑，觉得自己被拖进了无底的深渊。

---

① 过去日本国有铁路的乘务人员分为乘务长、专务乘务员、乘务员等级别。专务乘务员主要在快速列车和特快列车上担任司乘工作。

第二章

溺亡尸体

1

多摩川[①]的河水渐渐开始变暖。

那些在冬季里被拖上岸边，底朝天扣在那里徒然晒太阳的小船，也被涂上漂亮的油漆，等待着游客的到来。

水温一升高，鱼一下子愿意咬钩了。

住在岸边的六十八岁的老人新井，在3月28日上午快到11点时，兴致勃勃地前去钓鱼。

新井一直在M工业公司工作，五十五岁退休后，又以特聘职员的身份留在公司。但由于最近公司不景气，最终他还是彻底辞去了在该公司持续了三十多年的工作。

他有退休金，多少还有一些积蓄，三个孩子也都各自独立，所以他和他的老伴儿文子在生活上并没有什么困难。不过，他是一个以工作为乐趣的人，现在没了工作真是闲得要命。

于是，他开始学钓鱼。他做任何事都专心致志，不久就迷上了钓鱼。当然，这也是由于钓鱼本身很有趣。

---

① 多摩川，日本多摩川水系之主流，流经山梨县、神奈川县及东京都等地区。

好在多摩川就在眼前，所以只要不刮风下雨他几乎每天都要去钓鱼。

这天，新井照例走到六乡铁桥下，坐在了岸边的草丛上。昨天，他在这里钓了一条近三十厘米长的银鲫。

新井叼起一根香烟，慢慢地开始准备渔具。上完鱼饵，他把鱼钩甩到五六米远的地方，然后便悠闲地环顾着河面。

他的视线停在了上游的岸边，他看见有一件浅褐色的大衣漂在水面上。

（是什么人扔掉的吧。）

现在的人真是太浪费了，老人不满地“嘁”了一声。这时，传来了一阵马达声，一艘摩托艇在河中央飞驰而过。

随之，一阵大浪猛然向岸边涌来。新井急忙收起了鱼竿。

远处的浅褐色大衣也随着大浪摇晃了起来。

突然，新井“啊！”地惊叫了一声。因为那看似浅褐色大衣的东西，原来是一具身穿大衣的年轻女尸。

2

当警车赶到现场时，就连在附近高尔夫球场打球的人也都集聚到了这里。

蒲田[①]警察署的刑警们站在没膝深的河水里，将浮在上面的尸体捞上来，仰面停放在干燥的地面上。

“太年轻了。”

一位刑警语调沉重地嘀咕道。

死者是一个年轻女子，看上去只有二十二三岁。死者总是令人心酸的，年轻的死者更是如此。

验尸官小心谨慎地查验完遗体后，向刑警们说道：“溺水身亡是肯定的，不过准确的死亡时间还需解剖后才能推定。”

尸体搬运车开来，将尸体运往大学附属医院进行解剖。

此后，刑警们对发现尸体的区域及岸边展开了彻底的搜查，想从中找到能够确认死者身份的东西。因为他们在她的大衣兜里没有发现任何可以确认身份的物品。

过了半小时左右，警方在尸体所在位置的上游约二十多米、水深五六十厘米的地方发现了沉在水里的手提包。

手提包很旧，似乎用了很长时间。尽管手提包与死者的关系尚不清楚，但刑警们还是谨慎地查看着手提包。

包里装着化妆品、小粉盒、手帕之类的东西。没有发现钱包，可能是被人偷走了。包里还发现了一张被水浸湿的名片，紧贴在手提包的内侧。

一位刑警小心翼翼将名片剥离开来，放在手掌上，读了一

① 蒲田，位于东京都大田区。

下印在上面的文字。名片上印着：

《新时代周刊》编辑部　青木康二

尸体送到大学附属医院后，马上进行了解剖。

尸体无外伤，肺里有大量的水，很明显是溺亡。为了慎重起见，他们又对肺里的水质进行了检测。引人注意的是，肺里的水与多摩川的河水成分并不相同。

就是说，该女子在别处溺亡后，有人将尸体搬运过来抛进多摩川的可能性很大。这也说明，很有可能是他杀。

负责解剖的医生在尸检报告上写道：推定死亡时间为今天（3月28日）凌晨2点至3点之间。

他杀的嫌疑很大。

下午1点，蒲田警察署成立了搜查总部[①]。

3

当天下午1点15分，警视厅搜查一课的本多课长[②]把十津

---

① 搜查总部，为特殊案件临时成立的专项案件侦查组（专案组）。

② 日本公司、政府等下属科室部门称为课。一课之长即为课长。

川省三警部[①]叫到办公室。

十津川身体健壮，可就是容易伤风感冒，今天也是不停地抽动着鼻子。

十津川站在走廊用手绢擦了擦鼻涕，然后敲了敲课长室的门。

本多问候着十津川，表情严肃："感冒好些了吗？"

话虽这么说，可他叫十津川前来显然不是为了问这个。

"没什么大不了的。"十津川笑了笑，主动问本多，"发生什么棘手的案件了吗？"

本多并没有立即谈及问题的核心，他停顿了一会儿，似乎在考虑如何切入正题。

"多摩川发现年轻女子溺尸的事，你知道了吧？"本多以平静的语气开了口。

十津川坐在椅子上，手托着下巴说道："您说的是蒲田署的那个案子吧？我听说了。"

"女子的身份尚未查清，可在她的手提包里发现了一张名片。"

"您说的是《新时代周刊》记者的名片吧？这不是查明身份的线索吗？"

"不是。"

---

① 警部，日本警察的警衔，在警视之下、警部补之上。

“不能成为线索？”

“那倒不一定。问题是在手提包里还发现了另一张名片。”

“这可完全没听说。”

“因为给蒲田署下达了缄口令。”

“那张名片问题有那么严重？”

“就是这张名片。”

本多拉开抽屉，拿出一张名片放在十津川面前。

名片像是被浸湿后晾干的，有些翘棱，满是小皱褶。

但是，令十津川感兴趣的不是这些，而是名片上的那两行字：

武田　信太郎

文京区本乡东1-1-1

这是一张没有头衔的简约名片。但是，武田信太郎这个名字却与现任的运输大臣[①]相同。

如果名片上的人只是与大臣同名同姓，本多也不会把问题看得这么严重，他可不喜欢随意开玩笑耍弄人。

“这是大臣的名片？”

“找他的夫人看过了，她确认是武田大臣的名片。而且，听

① 运输大臣，相当于中国的交通运输部部长。

说大臣交换名片时一般用带有头衔的名片，住址也写官邸。而这种没写头衔的名片，大臣只给关系极为密切的人。你也看到了，名片上印的是大臣的签名。名片看似一张一张手写的，其实是印刷的。”

“大臣现在是在国外吧？”

“是的。从昨天开始，世界交通大会在伦敦召开，大臣同随员们一道去参加了这个会议。回国途中还要去一趟美国，回到日本要等到 4 月 1 日。”

“请等一下。”

“怎么了？”

“我不明白，就算这张名片是武田大臣的，事情有那么严重吗？这也不能成为多摩川的浮尸与武田先生有关系的证据呀。而且，这张名片有可能是被人传来传去，最后落到溺亡女子手里的。更何况，大臣昨天出席了伦敦的会议，不可能是凶手，有必要如此保密吗？”

“你的分析有两点错误。第一，没有任何证据证明多摩川的死者与大臣没有关系。随着调查的进展，很难保证查不出他们之间的微妙关系。第二点更重要，你还记得两年前中央银行日本桥分行发生的五亿日元诈骗案吗？”

十津川不由得“啊！”了一声，因为他想起了两年前的那桩诈骗案。

由于那是搜查二课的案子，十津川对详情不甚了解，但报纸上刊登的那些内容他还是知道的。

两年前的7月26日，大选迫在眉睫。那时，武田信太郎担任着保守党选举对策委员会的委员长。

那天下午2点，中央银行日本桥分行的野上保之行长接到保守党干事长田岛打来的电话，内容是，希望融资五亿日元作为选举资金，由市谷的保守党会馆做担保。田岛又说，这次交易将委托官房[①]副长官武田办理，请多关照。

野上与武田是同乡，曾见过几次面。野上以为，正是由于这层关系干事长田岛才指定武田前来办理此事的。

下午2点50分，银行即将打烊时，两个男子带着武田的名片乘车来到了银行。

二人都是三十多岁，穿着藏青色西服，看上去一副精英职员的模样。其中一人自称是武田的秘书松崎。

野上之所以相信了这两个人，完全是由于武田信太郎的那张名片。因为野上也曾经从武田手里接到过相同的名片，更何况在名片的背面写着：

借据：今借现金五亿日元整。

保守党选举对策委员长　武田信太郎

---

① 内阁官房是日本内阁的行政机关，官房长官相当于政府秘书长，下设三个副长官。

字是手写的，看上去很像武田的笔迹，而且还盖着印章。于是，野上收了那张名片，并把准备好的五亿日元交给了那两个人。

两个男子把分装在五个铝合金箱子里的五亿日元装到车上，疾驰而去。

其实，这一切都是假的。干事长的声音是有人模仿的，名片后面的字迹和印章也都是巧妙伪造的。

不过，武田信太郎的名片的确是真的。分行行长野上之所以轻易地受骗上当，正是由于这张名片。

野上引咎辞职，离开了中央银行。

警视厅的搜查二课负责追查了这个案件。

他们制作了两个罪犯的合成照片，并从名片上采集到了一个犯人的指纹。

案发前一个月，武田信太郎共印了二百张这种名片。武田是个做事一丝不苟的人，他把自己递过名片的所有人都详细记录在了记事本上。

记事本上共记录着七十九个人的名字。就是说，他在一个月的时间里一共给七十九个人递过这样的名片。

警察对这七十九个人一一进行了核查。花了三周时间，七十九人全部核查完毕，共收回七十七张名片，只有两个人丢失了武田信太郎的名片。

其中一人是兼田制药公司的总经理兼田久志。兼田的住宅在6月末的一次火灾中烧掉一半，武田的名片那时与其他人的名片一起被烧毁。再加上六十岁的兼田每年都登上富豪榜前列，警察断定他不可能利用武田的名片来诈骗五亿日元。

有问题的是另一个丢失名片的年轻人——中井良久。

中井与武田都出生于鹿儿岛县，他年仅三十二岁就在东京都开设了十五家餐厅连锁店。

在一次聚会上，中井遇见了当时的官房副长官武田信太郎。因为他是武田同乡的青年实业家，武田给了他一张名片。一周后，他又拜访了武田的宅邸，并得到一枚有武田题字的方形纸笺。

中井坚持说，他并不知道武田的名片是如何丢失的。但警察查明，最近中井开设的连锁店营销业绩下降，出现了近六亿日元的赤字。而且中井的相貌与合成照片中的一个人很相像。支行行长野上也做证说，中井很像站在旁边的那个男子，而不是递名片的那个人。

中井被逮捕，审讯，拘留。

可是，中井趁警察一时疏忽，用藏在身上的玻璃碎片割腕自杀，死在血泊中。

对此，搜查总部内出现了两种看法：一种认为，中井可能是清白的；而另一种则认为，正因为他是罪犯，才被迫畏罪自杀。警方自然会倾向于后一种看法。

但是，警方并没有发现五亿日元巨款，另一个男子也没有找到。就这样过了两年，不，准确地说应该是一年零八个月。

在此期间，日本国内进行了大选。尽管政府多行弊政，但最终还是保守党获胜。后经两次内阁改造，武田信太郎成为运输大臣。

4

“所以，你应该知道这张名片有多么重要的意义了吧？”搜查一课的本多课长直直地看着十津川说道。

十津川点了点头。“我们可以考虑以下几种情形。如果在死者手提包里发现的这张名片是中井良久丢失的那张，就证明当初中井良久是无辜的。”

“的确如此。”

“如果是这样，用于作案骗了行长野上的那张名片到底是谁的就成了问题。能是制药公司总经理兼田丢失的那一张吗？”

“不。兼田家的确发生过火灾，可以肯定名片是在那个时候被烧毁的。”

“这样一来，这件事就越来越蹊跷了。”十津川说道，“如此推论，虽然那时认为去向不明的名片只有一张，但实际上应该有两张。”

“正是如此。”

“可是，课长，案件发生时，搜查二课不是确认过丢失的名片只有一张吗？”

“确认了。”

“那到底是怎么一回事啊？”

“也许是武田弄错了。”

“怎么讲？”

“案件发生后，搜查二课是这样确认名片张数的：武田递给别人并记在记事本上的名片是七十九张，他手里还剩一百一十六张，其余的五张由于折弯或污损被武田撕毁扔掉了。这些加起来正好是二百张。武田手里剩下的那一百一十六张名片，搜查二课已经确认。这样一来，问题就出在武田自称已经撕毁的那五张名片上。也许大臣自己弄错了，其中几张可能是被他送人了，他却并没有记在记事本上。”

“有道理。”

“如果利用这些名片做坏事，就有可能损害武田的名誉。听说武田平时贪恋酒色，不难想象他可能趁着酒兴把名片递给某个年轻美貌的女子。毫无疑问，如果这些名片被用于犯罪，大臣必将遭到社会的谴责。”

“听说，多摩川的那个死者好像也是一个年轻漂亮的女子。”

“据说是那样，所以我希望由你来调查这个案子。调查时，大臣名片的事一定要保密。如果与两年前的那桩案子没什么关系自然更好，但若有关系一定马上向我报告。”

“明白了。”

“你找一个合适的人一起去吧。”

“我还是带龟井一起去。”十津川说道。

十津川一回到办公室，便叫上龟井立刻驱车前往蒲田警察署。龟井是做了二十多年警察的老手，十津川最信赖的部下。

在车上，十津川向龟井说明了案情。肤色微黑的龟井面朝十津川认真地听着，然后说道：“看来，首先要查明死者的身份。”

“说得没错。女子的身份最好与武田运输大臣没什么瓜葛，我不喜欢把乱七八糟的事牵扯进来。”十津川笑着说道。但他的内心里却有着一种相反的预感。他觉得，既然手提包里有武田信太郎的名片，该女子一定与武田有某种关系。

到了蒲田署，十津川向署长也是搜查总部的部长上冈打了个招呼。

“你来我就放心了。”上冈晃动着肥胖的身体向十津川说道。他是有柔道五段段位的壮汉，可声音却尖声尖气像个女人。

“听说对武田大臣名片的事已下了缄口令？”

“对那些记者要保密。但愿那张名片与这个案子无关。”与十津川一样，上冈也说出了他的不安。

凶杀案即使牵涉到政治家，负责破案的搜查员们也会尽全力追捕凶手。可万一有敏感部门前来施加压力，他们就会感到厌烦，而且难以忍受。

“听说，那张名片是在手提包里发现的？”十津川问道。

“刚开始，只发现了杂志记者的名片。那个手提包很破旧，里面有破口，武田的名片就是在那个破口里面找到的。”

“被害人的身份查清了吗？”

“还没有，详细情况你问问具体负责这件案子的吹田君吧。”上冈说道。

吹田警部补虽然身材矮小，但精力充沛，曾三次与十津川一起调查过凶杀案。

吹田三十岁，很聪明，但由于年轻，有时过于争强好胜。

十津川见到吹田开口便问：“被害人是个什么样的女人？”

“是个大美女。”吹田扬起晒得黝黑的脸答道，“想必，她活着的时候是个很有魅力的女人。”

“她是什么类型的人？总经理秘书，还是陪酒女郎？”亀井问。

“这不好说。”吹田面对亀井说完，又转向十津川，“这些东西您怎么看？玛吉·鲁夫（Maggy Rouff）、安德烈亚·菲斯特（Andrea Pfister）、雅格狮丹（Aquascutum）、列嘉碧（Maison Lejaby），[①]等等。”

“这都是些什么呀？”

① 这些厂商或品牌在国内不多见，故采用音译并括注英文的形式译出。英文系译者所加，原文无。

“这些都是有名的鞋子和服装厂商的名字。玛吉·鲁夫是法国有名的女性礼服厂商，安德烈亚·菲斯特是设计女鞋出了名的，雅格狮丹是英国的大衣厂商，最后的列嘉碧是法国的内衣厂商。”

“这些与被害人有什么关系？”

“我们查了一下被害人身上穿的东西，发现粉红色连衣裙是玛吉·鲁夫的，大衣是雅格狮丹的，内衣是列嘉碧的，而鞋是安德烈亚·菲斯特的。”

“你懂的还真不少啊。”

“不是我懂，我也就知道点儿皮尔·卡丹之类的。由于这些东西都不是日本产的，所以我就请专家查了查，这才知道这些。看来，被害人生前非常喜欢打扮，要么出生在有钱人家，要么是风尘女子，这一点还……”

“你等一下。”十津川举手制止了吹田，“手提包好像有点儿不搭配吧。据说包很陈旧，里面还有破洞？”

“确实如此。而且那个包是国产的，据说顶多也就两三万日元。”

“如此说来，那个包也有可能不是被害人的。”

“我们也想过。不过，手提包里装着的东西都很贵重，所以还是判定为被害人的物品。虽然没发现钱包，但化妆品是最高档的，香水也是法国的爱马仕。还有，您看一下这个。”吹田拿出了一条漂亮的银制钥匙链，“这是蒂芙尼[①]品牌的，在日本买需要两万五千日元。”

“上面没带钥匙吗？”

“发现的时候就没带。不知是被害人刚买的钥匙链，还是钥匙被凶手拿走了。”

“恐怕是凶手连同钱包之类的一起拿走了。”十津川很干脆地做出了判断，“名片上的那个杂志记者联系过了吗？”

“一个小时前给杂志社打过电话。”

“结果呢？”

“接电话的是一个叫宫下的总编。他说，记者青木为了采访蓝色列车，正乘坐昨天下午4点45分始发的‘隼鸟号’前往西鹿儿岛。我查了一下时刻表，‘隼鸟号’到达西鹿儿岛的时间是今天下午2点42分。”

“2点42分，还有七分钟。”十津川看着手表说道。

“是蓝色列车呀。”亀井在一旁笑了。

“亀井君，你笑什么？”

“我那个小学五年级的儿子，现在正着迷于蓝色列车，经常和小朋友们一起拿着带闪光灯的相机去东京站拍照。”

“孩子们那么喜欢蓝色列车？”独身一人的十津川并不了解孩子们的世界。

---

① 蒂芙尼与前文的爱马仕均为著名的奢侈品牌。

“据那位宫下总编讲，蓝色列车的人气高得不得了。”吹田说道。

吹田向十津川讲述了在东京站的站台上，成群结队的孩子们拿着照相机和录音机守在那儿的事情。十津川并没有多大兴趣听吹田讲这些，因为他还不知道被害人与蓝色列车之间的关系，他只知道那张名片上的人与此案有关。

过了一个小时左右，《新时代周刊》杂志社打来了电话。

吹田前去接电话，对方是宫下总编。

突然，吹田大声说道：“什么？门司[①]的医院？”

过了两三分钟，吹田放下电话，摇着头对十津川说：“那个叫青木康二的记者，现在在门司的一家医院里。”

“医院？是受伤了吗？不能是死了吧？”

“还不知道。是门司的S医院突然给《新时代周刊》去了电话，说他们收治了青木康二。总编也弄不清是怎么回事，反正他要到门司的医院去看个究竟。”

“情况变得很微妙啊。”十津川陷入了沉思。

周刊杂志记者青木被门司的医院收治一事，是否与多摩川上的浮尸有关呢？

想了足有五分钟，十津川说道：“我去一趟门司。”

---

① 门司，位于九州东北端，是北九州市的一个区，临关门海峡。“富士号”与“隼鸟号”均通过门司站。

“您要亲自去？”吹田吃惊地望着他。

十津川只说了一句：“现在，只有我行动起来最方便。”

当机立断是十津川的长处。

十津川用电话预约了日本航空下午5点飞往福冈[①]的机票后，立即走出了搜查总部。

5

福冈机场已笼罩在夜色之中。

十津川从机场坐出租车到达博多[②]车站时，正赶上列车进站，他便飞身上了车。

到达门司时，天竟然很少见地下起了小雨。

当十津川赶到医院时，《新时代周刊》的宫下总编还没有到。

他在医院接待处出示警察证后，询问了医院收治青木康二的情况。接待处一位年轻的女接待员告诉他说：“病人是用救护车从门司车站送到这儿的。”

“就是说，他是倒在了车站里？”

---

① 福冈，九州北部的县。北九州市隶属于福冈县。

② 博多，福冈县福冈市的一个大区。

“是倒在站台上的候车室[①]里。据说，因为他浑身酒气，最初还以为是喝醉酒躺在了那儿。”

“具体什么情况？”

“我也不清楚，好像是头部受了伤。他在二楼的6号病房，应该是外科的铃木医生给他诊治，详细情况可以问医生。”

听了她的话，十津川立即上了二楼。

6号病房是双人间，一张病床空着，靠窗的那张床上躺着一个年轻男子，头上缠着绷带。

中年医生铃木正在病房，他有些疑惑地望着十津川说：“警察刚才来问过情况了。”

“我是从东京警视厅来的十津川，现在可以向本人问话吗？”

“可以。他头痛好像已减轻了很多，没关系。”

“伤势如何？”

“痊愈需要一周左右。”

“他身上好像有酒味。”

“有人往他身上泼了酒，可他本人说完全不记得。”铃木医生说了一句“有事叫我”，便走出了病房。

病床上的青木目不转睛地看着十津川问道：“东京的刑警怎么到这儿来了？”

① 日本有些车站的站台上设有小型简易候车室。

“有件事情想请你协助一下，说话不要紧吧？”

“不要紧。不过，我是在夜行列车上被人打伤的，好像跟东京没什么关系吧？”

“想抽烟吗？”

“来一支吧。”青木的眼神柔和了些。

十津川拿出一支七星牌香烟让青木叼着，给他点上了火。

“你现在用这样的名片吗？”十津川拿出从东京带来的青木二康的名片，递到青木本人眼前。

“没错，这就是我的名片，现在还在用。”

“到目前为止你一共用了多少张？”

“这是去年10月份印制的名片，发了一百多张吧。”

“记得都发给谁了吗？”

“那是不可能的！”青木大声说着，似乎影响到了后脑勺的伤，皱起了眉头，“每次采访我都不停地给人发名片。如果对方是名人，我可能还记得。”

“穿着浅褐色大衣的年轻美女你还记得吗？年龄在二十二三岁，身高约一米六。”

“您在说什么？”

“今天上午11点左右，在东京和川崎交界的多摩川大桥附近，发现了一具年轻女子的溺亡尸体。就像刚才所说的，女子年龄在二十二三岁，长得很漂亮。她身穿粉红色连衣裙，外加浅褐色大衣。查看她的手提包时，发现你的名片在里面。”

“您是说她穿着粉红色连衣裙，外加浅褐色大衣？”

“你有什么线索吗？”

“这事有点儿奇怪。”

“怎么奇怪？”

“昨天下午，我乘坐了开往西鹿儿岛的蓝色列车‘隼鸟号’。”

“我从你上司那儿听说了。”

“我坐的是1号车厢的单间卧铺。有一位年轻漂亮的女子也在1号车厢，她穿的是粉红色连衣裙，外面套着一件浅褐色大衣，说是要去西鹿儿岛。”

“嗯……”十津川抄着手，望着窗外。

昏暗中细细的银色雨丝斜飞而过，看来是起风了。

“那个女子和你说的那个人很像，可她乘坐的是向西开的夜行列车，不可能……”

“你给那个女子递名片了吗？”

“是的，我想问她一些事情。”

“那你问她的名字和住址了吗？”

“哪能呢。不知怎么，总觉得她有些忧郁。无论我说什么，她一点儿反应都没有。”说着，青木笑了。

十津川把桌上的烟灰缸推到青木的旁边，说道：“那个女子有没有在途中突然下车？”

“据我所知是没有。不过，列车过了三宫站以后的事我就不知道了。”

“你是说，你睡着了？”

“不，是我身上发生了一件极为奇怪的事。”

“什么事？”

“也许你不会相信，但下面我说的都是事实。”

青木快速地讲述了在列车上发生的一切：列车刚驶出三宫站他便感到困倦，等他醒来时，车厢里其他包厢的乘客都已换了人。有人在他的胳臂上注射了麻醉剂。不知何时，他已被搬到晚一小时十五分发车的“富士号”列车上。而他要将此事告诉乘务员时，又被人重重打了一下后脑勺。

“等我醒过来，发现自己躺在门司站站台上的候车室里。”

“真是怪事。”十津川从椅子上站起身来，在病房里慢慢踱起步来。

采访“隼鸟号”的记者，被人用麻醉剂麻醉后移到了别的夜行列车上，这的确是件怪事。

十津川停下来，双眼盯着青木。看来，青木并不像是在撒谎或开玩笑。

“你估计是谁？为什么要这样做？”

“不知道。不过……”

“不过什么？”

“我总觉得，是那个叫高田的人干的，他从我的相机里抽走了胶卷。如果此事与我被移到‘富士号’有关，那罪犯一定是同一个人。”

“我们查查看。”

“查什么？”

“看有没有叫高田的律师。”

“他一定是在撒谎，那家伙形迹可疑。”

“你说过，那个胶卷上拍有 8 号包厢的那个女子。”

“是的。”

“你还说过，到三宫时她还在车上。”

“是的。不敢说绝对，但不会有错，因为车到三宫站是午夜 0 点 36 分。所以无论如何我都觉得，死在多摩川上的那个女子是另外一个人。”

“可是，蓝色列车‘隼鸟号’上的那位女子不也穿着粉红色连衣裙，外面披着一件浅褐色大衣吗？”

“是啊。”

“年龄二十二三岁，身高约一米六。”

“是的，没错。”

“而且，她还有一张你的名片。要说偶然，相似点也太多了。等出院后，请你去辨认一下遗体。你再想一想，除了你以外，还有谁能认出 8 号包厢的那个女子？”

“刚才说过的高田应该记得。他自己说，他曾搭讪过那个女子。”

“还有其他人吗？”

“餐车女服务员可能也见过她。不过，当时餐车人很多，不知她能不能记得。”

“如此说来，应该还有乘务员能认出她。既然你说她长得那么漂亮，乘务员也许会记得。”

“是的。”

“你如果出院回到东京，马上到蒲田警察署来一趟。刚才我说过，想让你辨认一下遗体。”

“警部先生。”

“什么事？”

“您认为是同一个女子吗？”

“有这种可能，目前只能这么说。”

6

十津川离开医院乘坐国铁返回到博多站后，去见了主管博多乘务段的负责人——一个叫泽村的值班副站长。

“我想见一见 3 月 27 日在下行‘隼鸟号’的单间卧铺车厢负责验票的乘务员。‘隼鸟号’的乘务员属于哪个乘务段，在这儿能查到吗？”

听了十津川的问话，泽村微笑着说：“归我们负责。博多乘务段的当班乘务员坐上行‘隼鸟号’到东京，在那儿住一宿，然后再坐下行‘隼鸟号’回来。”

“原来是这样。那您能告诉我那一天都有谁当班吗？”

“您说的是3月27日的3车吗？”

“3车？”

“我们这儿按列车的序号把下行的‘隼鸟号’叫3车，上行的叫4车。”

“原来如此。”

“嗯……3月27日从东京开始在3车当班的是……”泽村翻看了工作日志后，说道，“井本、渡边、佐藤、山本四个人。其中，负责1至3号车厢的是乘务员井本。”

“他现在在哪儿？”

“3车上的乘务员第二天在博多下车后要休息两天。”

“也就是说，他正在休息。”

“是的。”

“现在我有急事想问问他。”

“我给他家里打个电话吧，最好能在家。”说完，泽村马上拿起了电话。

他拨了一个福冈的市内电话号码，听到对方接电话后，笑着对十津川说：“他正好在家。”

“东京警视厅的刑警想问你点儿事。”说完，泽村把电话递了过来。

十津川接过电话先确认一句：“你是井本先生吧？”

“是的，有什么事吗？”井本的声音显得很紧张。被警察问话，感到紧张也在情理之中。

“昨天你乘坐了下行‘隼鸟号’，是吗？”

“是的，我当班。怎么了？”

“1号车厢单间卧铺的车票是你验的吗？”

“是的。”

“你还记得坐8号包厢的是一位穿着浅褐色大衣、二十二三岁的美女吗？”

听了十津川的问话，乘务员井本很干脆地回答说：“我记得，她是前往西鹿儿岛的乘客。就像您说的，是一位美女，所以我记得。”

“那位女乘客有没有可能在中途下车，并没坐到终点西鹿儿岛？”

“我想，那不可能。”

“为什么？”

“那趟车早晨6点51分到小郡站。到时候，我会开始车内广播，给大家报个早安。我到1号车厢去打开过道一侧的遮光帘时，看到8号包厢的门开着一条缝，便不经意地朝里看了一眼，发现那位乘客正靠着窗户向车外张望。”

“原来是这样。”

十津川的心情变得复杂起来。他为“隼鸟号”上的那位女乘客平安无事松了一口气，同时内心里又感到一丝失望。因为如果二者为同一个女子，破案进程也许会快一些。

“你在博多下车后，到终点西鹿儿岛这一段谁接你的班？”

“是我们博多乘务段的吉野君接的班。”

“你们办理交接吗？”

“是的。比如对于单间卧铺车厢，要向他交代几号包厢的乘客到哪儿下车等。”

“8 号包厢的那位女子呢？”

“我跟他说，8 号包厢坐着大美女，去西鹿儿岛。吉野君比较年轻，听了我的话还问我，真有那么漂亮吗？”

“如果女子是在西鹿儿岛下的车，那边必然会保存有她的车票，是吗？”

“是那样的。”对方给了一个肯定的回答。

十津川挂断电话，对望着他的泽村说：“我想再问问西鹿儿岛的吉野先生，能联系上吗？”

“能联系上。明天 12 点 36 分的 4 车他当班，现在应该在西鹿儿岛的铁路宿舍里。”

泽村迅速接通了西鹿儿岛车站的电话，把乘务员吉野叫出来接电话。

听筒里传来了年轻人的声音。针对十津川的提问，吉野爽快地回答说：“那位女乘客我记得很清楚。因为井本告诉我说，8 号包厢坐的是一位年轻的大美女。”

“你还记得她穿的衣服吗？”

“记得。在粉红色连衣裙外面套着一件浅褐色大衣，作为女人个头儿不小。”

“确实是在西鹿儿岛下的车吗？”

“是的。在站台上，她还问过我去港口怎么走。我告诉她公共汽车站在哪儿，还目送她出了检票口。不会有错的，车站应该保存有她的车票。”吉野说得很明确。

“那个时候，她有没有过什么异常举动？”

“异常举动？没发现什么异常，反正觉得是个大美人。”年轻的吉野在电话那边毫无顾忌地笑出了声，“如有可能，真想再见她一面。”

十津川道谢后放下电话，脸上浮现出困惑的神情。

泽村给十津川倒了一杯茶，看着他说：“发生什么事了吗？”

“不，没什么……”

十津川微笑着端起了茶杯。嗓子干渴时，喝下一杯热茶会倍感甘醇。

“下行‘隼鸟号’上的乘客发生什么事了吗？”泽村问。

这时，两名乘务员向泽村打了声招呼走了出去。

“现在还不清楚。”十津川谨慎地回答道。

“今天早上，在多摩川东京段发现一具年轻女子的溺亡尸体，有可能是昨天下午在东京乘坐下行‘隼鸟号’的乘客。”

“去西鹿儿岛的乘客？”

“是的。”

“那就奇怪了。应该在今天下午2点42分西鹿儿岛下车的乘客，怎么会在今天早上死在东京呢？”

“您说得没错。此外，坐同一趟车的周刊杂志记者被什么人击打后脑勺后，被扔到了门司车站的站台上。”

“那件事我也听说了。听他们说，门司车站的人发现有人倒在站台上，马上叫了救护车。可他是下行‘隼鸟号’的乘客这件事我还是第一次听说。他为什么会遭遇那样的事？”泽村惊讶地问十津川。

“他本人也不知道是怎么回事。不过，不像是胡编的。”

“这件事与东京的那件案子有关系吗？”

“他在‘隼鸟号’上给同乘一辆车的美女递了一张名片，可今天早上，警方在多摩川的那具女尸的手提包里也发现了他的名片。”

“怪不得。就是说，那个死者和在车上收到记者名片的那位美女有可能是同一个人？”

“是的。但有证言说，那个女子是在西鹿儿岛下的车。”

“嗯……”泽村沉吟了一下，“真是弄不明白。”

“我也是。”

说着，十津川笑了笑。

7

深夜的博多街头笼罩在一片黑暗中。

时间已经过了晚上 11 点。十津川决定在车站附近的一家经济旅馆住宿。进入房间后，他给东京搜查总部挂电话，把这里的情况告诉了警部补吹田。

“您怎么想？您认为多摩川的死者是下行‘隼鸟号’上的乘客吗？”吹田有些紧张地问道。

“说实话，我也搞不清楚。那趟车上的乘务员说，8 号包厢的女子是在西鹿儿岛下的车。”

“有可能有人做了替身。”

“当然。不过，也有可能是两个完全不相干的人。”

“让那个叫青木的周刊杂志记者辨认一下遗体不就弄清楚了吗？”

“但愿如此。”十津川说道。

的确，必须要让青木去辨认一下遗体。不过，究竟能不能像吹田所说的那样，看一眼就能辨认出来呢？十津川对此抱有疑虑。

青木说，他的确在车上见到过那位女子，而且看她长得漂亮就给她拍了照。但他也说过，该女子走进包厢后就待在那里再也没出来过。

再加上，人死后面容会有很大变化，溺亡者更是如此。青木仅在夜行列车上见过该女子数次，他能清楚地记得那个女人的容貌，并辨认出与溺亡女子是否是同一个人吗?

十津川让龟井来接电话。

“龟井君，大臣名片的事查得怎么样了?”

“今天，我去了一趟印制那个名片的文京区山田印刷所，印刷所的人与武田信太郎是远房亲戚。由于这层关系，武田把自己的名片和贺年卡都委托给他们印刷。”

“关于那张名片他们怎么说?”

“两年前，他们给武田信太郎印制了二百张名片，并存有票据。但问题是，除了这二百张以外他们有没有多印。老板山田晋吉说，为防止有人利用名片做坏事，试印的部分都已销毁，而且这件事在两年前发生那桩案子时，已经向搜查二课的人做了说明。”

“但现在，情况有了变化。”

“这事我也跟他说了，但他的答复还是一样。”

“可是，实际印刷名片的不可能是老板吧?”

“您说得对。他们有五名员工，在印刷名片和贺年卡的公司中算是中等规模。两年前发生那桩案子之后，一个叫高梨一彦的二十九岁员工辞了职。他的突然辞职，引人注意。”

“知道他现在在哪儿吗?”

“去向不明。他原来给公司留过住址，但他已经不住在那儿了。他的履历表和照片也都借来了，我想找他的家人打听打听。”

“好，就那么办吧。其他还有什么消息？”

“有两则消息。有一对老夫妇说，报纸上刊登的那个多摩川的死者可能是自己的女儿，还有一位年轻男子说可能是自己失踪的妻子。但他们辨认遗体后，都说不是他们要找的人。”

“太遗憾了。我明天就回去。”

十津川挂断电话后，便躺到了床上。

这是一个狭长的房间，两侧的墙壁有一种压迫感，叫人难以入眠。一晚四千二百日元的单人房间也只能如此了。

十津川睡不着，把烟灰缸拉到枕边，趴在床上，点上了香烟。

他想，这件案子牵涉的事情太多了。

两年前五亿日元诈骗案和多摩川的溺亡尸体有没有联系？

下行“隼鸟号”上那个女子与多摩川的死者是不是同一个人？

记者青木的奇怪经历与这个案件有没有关联？

疑点重重，却找不到一条答案。

但是，多摩川漂起年轻女子的溺亡尸体是确定无误的事实。既然是他杀，就一定要查出凶手！

第三章 列车时刻表

1

第二天，当十津川整理完行装走到宾馆大厅时感到很吃惊，他发现本应在门司医院疗伤的青木，头上缠着绷带正等着他。

青木的脸色仍然有些苍白，他看到十津川走过来便开口说道：“我给东京的警察署挂了电话，他们说您住在这儿。”

“身体不要紧吗？”

“没事。我是在总编的鼓动下过来的。”

“他跟你说什么？”十津川坐到青木身旁，饶有兴趣地问道。

“他跟我说，如果在东京多摩川遇害的女子是我在蓝色列车上遇到的那个美女，那可是绝好的素材，让我马上回东京辨认一下遗体。”

“这样做对我们也很有帮助。身体真的不要紧吗？”

“没事。咱们马上出发吧。”

说着，青木拿起波士顿包，刚一起身便打了一个趔趄。

十津川急忙扶了他一下，说道：“这就是人们常说的‘记者的奋斗精神’吧？”

青木抬起苍白的脸笑着说：“哪有那么高尚，我可是奔着奖金去的。”

二人乘坐出租车来到机场，弄到两张退票后，乘坐10点30分的全日空[①]波音飞机前往东京。

喷气式飞机在飞行途中遭遇强气流颠簸得很厉害，但青木毕竟年轻，硬是挺了过来。

到了羽田机场，十津川决定直奔位于大田区的K大学附属医院，让青木辨认遗体。

医院的地下停尸房和往常一样，空气潮湿，充满了消毒水的气味。十津川始终也适应不了这股刺鼻的气味。

解剖完的女尸已缝合完毕，用白布包裹着。

工作人员面无表情地掀开了白布。

“你仔细辨认一下。”十津川对旁边的青木说道。

青木盯着尸体看了足有五六分钟。

“怎么样？是蓝色列车上你见过的那个女子吗？”十津川问道。

“很像。”青木回答。

“能不能断定是同一个人？”

“那个女人的眼睛很有特点，又大又漂亮。可现在她双目紧闭，所以……”

“相貌呢？”

---

① 全日空，即全日本空输株式会社。

“和那个女人一模一样。如果穿着粉红色连衣裙外加浅褐色大衣，我觉得就是她。”

“但问题是，那趟列车到达西鹿儿岛以后，有人看见有一个穿着粉红色连衣裙外加浅褐色大衣的年轻美女下了车。乘务员也做证说，下车的就是8号包厢的乘客。”

“真的吗？”

“真的。”

“可这里躺着的就是我见过那个女人啊。”

“你记不记得，她有什么诸如脸上有黑痣或镶着金牙之类的细微特征？”

“我没看那么仔细。如果那张照片还在，把脸部放大一下就可以确认了。”青木甚感惋惜地说道。

“你还记得她手里拿着什么样的手提包吗？”

“手提包？什么样的包来着？我没见过她的手提包。”

“在餐车上也没见过？”

“没见过。您为什么对手提包这么感兴趣？”

“这位死者的手提包非常有特点。所以我想，如果你在蓝色列车上看到的是同样的手提包，就能成为证明她俩是同一人的证据。”

“原来如此。但我认为，这个死者就是蓝色列车上的那位女子。”

“可能是吧。”十津川说道。

二人走出地下停尸房来到地面上，他们觉得被汽车尾气污染的空气闻起来都是那么清新。

在医院门前准备分手时，青木突然说道：“我想问一个问题。”

“什么问题？”

“我怎么就没有被杀呢？”

2

十津川一回到搜查总部便嘱咐吹田：“你去查一下，有没有个叫高田的律师。如果有，你确认一下他是否乘坐过3月27日的下行‘隼鸟号’。”

说完，他就前往上冈署长的办公室汇报情况。

上冈一边听着十津川的汇报一边点着头，肥胖的身体把转椅弄得咯吱咯吱响。听完，他略显不悦地问道：“说到底，还是没弄清多摩川的死者到底是不是蓝色列车上的女子？”

“说实话，的确如此。”

“你自己怎么认为？”

“我也弄不清。”

“连你都这么想可就不好办了。”

上冈的转椅又响了起来。

“对不起。不过现阶段做出明确判断有点儿冒险。”

“可是，那个叫青木的记者不是指认她就是蓝色列车上的女子了吗？”

“他也没有断定。”

“你这个人真够固执的。”上冈苦笑道。

十津川回到一楼挂有搜查总部牌子的办公室，问吹田：“怎么样，有结果了吗？”

“东京一共有三个叫高田的律师，其中两位正在事务所，都说27日没坐过蓝色列车。”

“第三个高田呢？”

“正在旅行中。说是从27日开始出门旅行一周。”

“从27日开始？年龄呢？”

“三十七岁。在银座有一家法律事务所。”

“你去他的事务所借张照片过来。”

“明白。”

吹田带着年轻的刑警伊东跑出屋去。

屋里只剩下十津川一个人。他看了一下位于角落里的那块黑板，上面按顺序写着本案要解决的问题：

(1) 被害者肺中的水来自何处？

(2) 名片意味着什么？

(3) 与下行“隼鸟号”上的女子有无关系？

字写得很漂亮，大概是出自吹田的手笔。

十津川拿起一根粉笔，加了一点：

（4）记者青木的奇特经历意味着什么？

（这字也太难看了。）

十津川看着自己写的字苦笑了一下。

他曾把自己写的字假称为别人的笔迹，请一位能通过笔迹占卜性格和运气的名人算过一卦。那是一位看上去颇具仙气的老人，开口第一句话就说道：“此人富有才华，只可惜性情不稳，不宜从事严谨的工作。”

当十津川问如何改掉性情不稳的毛病时，老人回答说：“等把字写得具有独特风格时，性情自然也就沉稳了。”

可现在十津川写在黑板上的字，怎么看也看不出什么风格。

（不宜从事严谨的工作……）

十津川有时想，或许自己真不适宜做警察。他这么想，倒不是因为听了占卜老人所说的话。在此之前，他就觉得自己作为警察有些过于多愁善感。

（但是，正因为自己不适宜做警察，所以更需要加倍努力。）

十津川常常这样激励自己。事到如今，他已经舍弃了不当警察的念头。

现在，黑板上写着的四条疑问，一条也没有答案。

署长焦急也在情理之中。案子涉及运输大臣武田信太郎的名片，这促使署长更想早点儿了结此案。

正当十津川盯着黑板陷入沉思时，龟井回来了。

“找到那个辞职的印刷工了吗？”

听到十津川的问话，龟井一脸疲惫地摇了摇头。“高梨一彦的父母住在浦和，我去见了他们，他们并不知道儿子的去向。其实，他自从二十五岁离开家以后几乎没有与家人联系过。他们说的不像是假话。”

“高梨二十九岁了吧。”

“是的。”

“结婚了吗？”

“没有。”

“他人怎么样？”

“据印刷所的老板和工友们说，他工作认真，但少言寡语，有些不合群。也有的工友说，不知道他整天在想什么，所以有时候觉得他有点儿可怕。”

龟井把贴有三寸头像照片的履历表递给了十津川。

“这就是高梨一彦的履历表。”

“是他自己填写的吗？”问完，十津川笑了一下。

“是的。我的话可笑吗？”

“我不是在笑你。我看他的字很像我的字体，所以才觉得好笑。看来，他性情不稳，不宜从事严谨的工作。”

“是吗？”

“看来，他高中毕业后在很多地方工作过。”

“听说在山田印刷所干了两年。”

“受到过什么奖惩吗？”

“好像有前科，详细情况不清楚。”

“两年前，搜查二课调查过他吗？”

“没有，因为那时候有一个叫中井良久的重点嫌疑人。”

“是啊。”

十津川点点头，把目光投向了履历表上的照片。

这是一个长脸、眯缝眼的男子。照片也许是入职时照的，看上去比实际年龄年轻一些。

“警部，您认为他跟多摩川的死者有关系吗？”龟井问道。

“不清楚，眼下都是些弄不清的问题。”

十津川走向黑板又添写了一条：

（5）山田印刷所的原职工高梨一彦与被害者有无关系？

这些疑问各自独立存在，相互间似乎没有什么关联。这些疑问到底能不能像拼图一样，拼成一幅完整的图画呢？

3

十津川很晚才开始吃午饭。正吃着，吹田和年轻的刑警伊东一起走了进来。

“这就是高田律师的照片。”

说着，吹田把三张照片摆放在十津川面前。

照片上的男子三十七八岁，分别穿着双排扣西服、休闲体恤以及和服。薄薄的嘴唇紧闭着，脸上充满自信。

“好，你们先吃饭。”十津川向吹田和伊东说道。

桌上放着附近的中餐馆送来的两份饭菜。

吹田拿起筷子，一边吃一边说：“他的名字叫高田悠一，隶属东京律师协会。”

“他在银座的法律事务所大不大？”

“在一幢六层楼里租了一个房间，律师就他一个人，所以不会太……”

说到一半，吹田被饭噎得咳嗽了起来。

“不要着急，慢慢说。”十津川笑了。

“照片是向谁借的？”

“在事务所看家的年轻办事员。”

“办事员知道高田悠一的去向吗？”

“不知道。高田去旅行时并没有把去向告诉办事员。”

吹田又咳嗽了几下，接着大口大口喝起茶来。

“警部，下一步您打算怎么做？”

“想把这些照片给青木记者看一下。”十津川把三张照片揣进兜里，招呼龟井说，“龟井君，想一起去吗？”

“我跟您一起去，反正眼下也没有高梨的线索。”

二人从搜查总部出来，前往《新时代周刊》杂志社。

他们乘坐国铁电车在神田站下了车。走了一百米左右，看到一幢三层楼上悬挂着《新时代周刊》的大招牌。

他们在一楼的接待室见到了青木。

青木的头上还缠着绷带。他点上一支烟后说道：“刚才，我正在写有关蓝色列车的报道。”

“等杂志出版了，我们拜读一下。”十津川微笑着说完，便把拿来的三张照片摆在青木面前，“你在蓝色列车上见过的高田律师，是这个人吗？”

十津川刚一说完，青木拿起照片看了一眼便大声说道：“就是他！他是不是一个骗子？”

“不是。他真是律师。”

“原来是真的呀……”

“你感到意外？”

“是啊，我还以为他一定是冒充的。”

“为什么那么想？”

“很难说出具体原因，但总有那种感觉，再加上他说他忘了带名片。律师忘带名片真有点儿不可思议。”

“你说过，这个叫高田的律师好像也对那个女子感兴趣，是吧？”

“是的。他自己说，他向那个女子示好却碰了钉子。”

“他说得不对？”

“您指什么？”

“我看你的表情，好像是不太相信。”

“在餐车上，那个女子看到高田时的样子很奇怪。在我看来，她好像很惧怕高田。”

“惧怕？”

“所以我觉得，他们不是在蓝色列车上初次见面，而是早就认识。你们警察打算对他怎么办？”

“找到他，让他辨认遗体。如果他也做证说是蓝色列车上的女子，就可以断定二者是同一个人了。”

“他现在在哪儿？”

“他出去旅游时，没有告诉事务所要去哪儿。如果乘坐的是下行‘隼鸟号’列车，他现在应该在西鹿儿岛或者回到了东京。请借电话用一下。”

电话在接待室的一个角落。十津川拿起电话，小声让搜查总部的吹田接电话。

“你马上派人去一趟高田悠一的法律事务所。”

“乘坐蓝色列车的律师，还真是高田悠一啊！”吹田突然兴奋起来。

“没错。等高田回到事务所，就带他去医院辨认一下死者的遗体。如果高田也说她是乘坐蓝色列车的那个女子，我们就可以断定那个女子就是被害人，沿着这个线索查下去。”

“明白了，我立刻派两个人去。”吹田答道。

撂下电话，十津川回到椅子上坐下，点上一支烟，看着青木说道：“好了，现在我们谈谈你的那段奇特经历吧。”

“那是真的。我是从‘隼鸟号’上被人弄下来，移到一小时十五分以后开来的‘富士号’上的，不会有错。”

“我们并不认为你在撒谎。你被人击打后脑勺后被丢弃到门司的站台上，这是事实。”

“而且，我还被人泼了威士忌，让人觉得我是喝醉酒睡着了，被扔在那儿好长时间。”

也许是想起了那时的情景，青木用手摸了摸缠着绷带的头，表情显得有些痛苦。

十津川拿出记事本对青木说：“为确认事实，我想做一下笔录。你坐‘隼鸟号’一直到三宫车站还是醒着的，是吗？”

“是的。列车开出了三宫车站后我就睡着了。”

“你还记得三宫站的发车时间吗？”

“和时刻表一样，应该是午夜0点36分到站，停车一分钟。”

“等你醒过来，你已经在‘富士号’上了，是吗？”

“是的。”

“你之所以注意到你坐的不是‘隼鸟号’而是‘富士号’，是因为看了手表，对吗？”

“列车通过仓敷站时我看了一下手表，时间是凌晨4点02分。‘隼鸟号’到达系崎站的预定时间为凌晨3点35分，而仓敷是系崎的前十二站，却在4点02分通过，我自然会感到奇怪。再加上单间卧铺车厢里的乘客都换了人。基于这两点，我察觉到自己不知何时被人从‘隼鸟号’移到了‘富士号’上。”

“你察觉之后，都做了什么？”

“为保险起见，我向车厢过道上的乘客确认了一下，才知道这趟车的确不是‘隼鸟号’而是‘富士号’。我正想找乘务员说这件事，却被人从背后重重打了一下。您记下这些准备做什么？”

“去查一查。如果确认是事实，多摩川的死者与蓝色列车上的那个女子是同一个人的可能性很大。因为不可能毫无理由地把你搬移到‘富士号’上。”

“这是事实，用不着查。”

青木的声音里似乎带着愠怒。

4

十津川一走出杂志社就问："龟井君，你怎么想？"

"看上去，他不像是在说谎。"

"我也有同感。如果他说的都是事实，我就弄不明白，究竟是什么人、出于什么目的做这种怪事。"

十津川在神田站买了一张大幅的时刻表，坐在车上认真看了起来。

"您这是在看下行'隼鸟号'的时刻表吗？"龟井也从旁边凑过来看着。

好在车厢里人比较少，他们可以坐下来仔细展看时刻表。

"是啊。"

"您是不相信青木说的话？"

"不，我相信。不过，我要仔细查一查，确定列车到三宫站的确是午夜0点36分。"

"青木是为采访蓝色列车而乘坐的'隼鸟号'，应该对到达各站的时间记得很清楚。"

车到了东京站，一下子拥上来很多乘客。

二人起身，站到了车门附近。

"三宫的下一站是系崎，凌晨3点35分到达。"十津川自言

蓝色列车“隼鸟号”“富士号”时刻表

富士号		隼鸟号
18：00始发	东京	16：45始发
18：27到达	横滨	17：11到达
—	静冈	19：13
22：49	名古屋	21：35
—	岐阜	22：02
—	京都	23：34
—	大阪	0：08
—	三宫	0：36
—	姬路	—
—	冈山	—
—	仓敷	—
4：26	福山	—
—	系崎	3：35
—	三原	—
5：57	广岛	4：41
9：21	门司	8：06
（经由日丰干线）	↓	（经由鹿儿岛干线）
18：24到达	西鹿儿岛	14：42到达

自语着，突然眼前一亮，“这就奇怪了。”

“什么奇怪？”

“你好好看看下行‘隼鸟号’的时刻表。”

十津川把展开的时刻表推给龟井看。

龟井一手抓着吊环，一手拿着时刻表看着。

“什么地方奇怪？”

“你还记得青木说的话吗？他说，车刚开出三宫站他就喝威士忌睡着了，还说有人给他的威士忌里投了安眠药，而且还给他打了麻醉针。等他醒过来就已经在‘富士号’上了。”

“对呀。他还说，列车通过仓敷站时看了一下手表，发现是凌晨 4 点 02 分。所以他才注意到，自己乘坐的是晚一小时十五分开来的‘富士号’。”

“没错。不过你再仔细看一下时刻表，从三宫到系崎之间是不停车的。”

“是啊。”龟井一时间有些茫然，可马上恍然大悟地“啊！”了一声，“问题是青木在哪儿被人搬下来的。”

“是啊。如果有人想把青木从‘隼鸟号’搬下来，只能在三宫的下一站系崎，到达系崎站的时间是凌晨 3 点 35 分。如果要想在这儿把青木弄下来，再移到晚一小时十五分到达的‘富士号’上，时间就到了 5 点了。系崎是过仓敷以后的第十二站。如果青木看到列车通过仓敷站是真的，那么在此之前他都应该在‘富士号’上，因为‘隼鸟号’在仓敷之前的几个车站是不停车的。”

“的确如此。”龟井点了点头，想了一下说道，“能不能是有人拉了紧急制动阀，让列车在三宫和仓敷之间的某个地方停下来，然后把青木弄下了车呢？”

“你说是临时停车？”

“是的。也就是说，如果在姬路和冈山之间强行临时停车，就可以在经过仓敷之前把青木从‘隼鸟号’上搬下来。”

“很遗憾，龟井君，那是行不通的。”

“为什么？那一天‘隼鸟号’没在任何地方临时停车吗？”

“这个还没确认。你再看一看‘富士号’的时刻表。‘富士号’从名古屋到福山区间是不停车的。姬路、冈山也都不停。即使有人拉紧急制动阀让‘隼鸟号’停下把青木弄下来，也无法把他移到‘富士号’上。当然，如果‘富士号’也临时停车，倒有可能把他搬上去。可是，如果两趟蓝色列车在同一天同一车站都临时停过车，早就成新闻登报了。可现在，哪儿都没登过这种消息。”

“这么说，青木是在撒谎？”

“至少说明，他说的那些话有可能是信口开河。”

“如果是这样，多摩川的死者与蓝色列车上那位女子是同一人的可能性不就不存在了吗？”龟井说道。

“青木说过，车到三宫为止，他没有发现8号包厢有什么异常。而‘隼鸟号’在到达系崎之前不停车，列车到达系崎是凌晨3点35分。我记得多摩川死者的推定死亡时间是3月28日的凌晨2点到3点之间，两个时间对不上。假设凶手将蓝色列车上的女子在系崎弄下车后杀害，最早也要在3点35分之后。”

“现在到哪儿了？”

“什么？”

“我说的是咱们坐的这趟车现在到哪儿了。新桥附近？”

“下一站好像是田町。”

“咱们下车吧。”

“您要去哪儿？想返回神田再见一次青木？”

“见他之前先去一趟东京站。现在是下午4点09分，现在赶过去可以进站台看一下‘隼鸟号’。”

5

下午4点45分始发的下行“隼鸟号”已经进入13号站台。

站台上，依然有很多拿着照相机、录音机的少年，其中还夹杂着几个中年男子。

“这么多车迷呀！”龟井笑着说道。

“你的孩子不也是蓝色列车的粉丝吗？”

“是啊。不过还没迷到旷课去拍照，暂时还比较放心。”

二人走向前头的单间卧铺车厢。

貌似新婚夫妇的一对男女，正在蓝色车体前拍纪念照。也许他们是乘“隼鸟号”前往鹿儿岛的。

看到乘务长走过来，十津川便上前搭话。

“我是警察，能让我们看一看单人包厢吗？”

“坐蓝色列车旅行吗？”

“想过些天再坐。今天也满员吗？”

“托您的福，今天也是满员。”

“想进去看一眼，不碍事吧？”

“2 号包厢的乘客在名古屋上车，现在进去看一下没关系。”

乘务长领着他们来到 1 号车厢的过道上。

“刚才我好像看到一对新婚夫妇。”龟井边走边向乘务长说道，“情侣也乘坐蓝色列车吗？”

“时而也有情侣乘坐。”

“可单人包厢晚上不能让两个人住一间吧？”

“原则上是那样。”乘务长笑着回答，“但有时也能听到包厢里传出男女说话的声音。”

“遇到那种情况怎么办？”

“就当不知道，知趣地走开就是了。”

“原来如此。”龟井会心地一笑。

乘务长打开 2 号包厢，十津川和龟井走了进去。

十津川环视了一下厢内，觉得虽然狭窄但功能齐全，很实用。

“在哪儿洗脸？”

听到十津川的话，乘务长把靠窗的桌子盖儿掀开。下面是一个洗脸池，配有冷水、热水两个水龙头。若塞上塞子储满水，足可以埋头洗脸。

十津川试着拧开了水龙头，水便哗哗地流了出来。

“用的就是它。”十津川回身向龟田说道。

“您指的是什么？”

“水呀，多摩川死者肺中的水。”

“您是说，凶手是把女子的头按在洗脸池里溺死的？”

“大概是。如果是在‘隼鸟号’行驶中作案，罪犯就可以在凌晨 2 点到 3 点之间杀死她，然后在某个地方把尸体搬下去。”

“发生什么案子了吗？”乘务长担心地问。

“这里的水和自来水是一样的吗？”十津川反问道。

“在东京站加的是东京的自来水。”

“还有一个问题。你听说过 27 日下行的‘隼鸟号’和同一天下行的‘富士号’在山阳干线行驶时临时停车的事吗？”

“没有，没听说过。”

“谢谢你的帮助。”

十津川催促龟井下车后，对他说：“我去见青木，你马上回搜查总部。”

“是让我查验一下被害人肺中的水是不是自来水？”

“对，大学附属医院会给你查的。”

6

夜里很晚的时候，大学附属医院才送来检验报告，上面说被害人肺中的水与自来水的水质相同。

虽然这一结论与十津川预料的一样，但并没有成为立即打开事件真相的钥匙。

根据列车时刻表推算，会得出蓝色列车上的女子不是被害人的结论。水质检验报告，虽然并不足以推翻这一结论，但两者是同一人的可能性依然存在。这算不算案件有所进展呢？

伊东和另一位刑警正在监视高田的事务所，尚未传来高田回来的消息。

被害人的身份依然没有弄清。

原山田印刷所的员工高梨一彦，仍然下落不明。

“给您冲一杯咖啡吧。”亀井说道。

“来一杯吧。”十津川揉着眼睛回答。

亀井给他冲了一杯速溶咖啡后，问道：“青木怎么说的？”

“他气得脸色都变了。无论跟他说什么，他都坚持说自己是被麻醉剂麻醉后，被人从‘隼鸟号’移到‘富士号’上了，说这是事实。”

“也真够固执的。加糖吗？”

“不加糖。”

十津川慢慢喝着咖啡，这样也许能驱赶一些困意。

外面传来了淅淅沥沥的雨声。从下午开始，天阴沉沉地布满乌云，现在终于下起了雨。这是一场久违的甘霖。虽然关东地区已开始下雨，但面临缺水的东海地区仍然未见雨滴飘落。

十津川在脑海中想象着雨中的罪犯。虽然还不知道罪犯是男是女，是老人还是青年，但在他的脑海里依稀浮现出一团黑色的影子。有时是一个，有时是几个。

现在罪犯在干什么呢？有一点可以确定，罪犯正怀着喜忧参半的心情注视着报纸和电视上的案件报道。看到遇害女子的身份尚未查明，可能会松一口气。但也可能做好了精神准备，因为随着警察的追查，弄清死者身份是早晚的事。

罪犯可能在想，是趁雨夜逃走，还是若无其事地继续过日常生活。

十津川来到窗前，眺望着夜色中发出幽光的银色雨丝。

他想起了一个杀人犯。在一间狭窄的破公寓里，那个罪犯望着连绵不断的阴雨，渐渐开始讨厌自己，最后决定前去自首。那个二十岁刚出头的小伙子，因一件琐事与恋人吵架，一气之下打死了她，并开车把她的尸体搬运到近郊的山上埋了起来。

十津川眼望着银色雨丝问龟井：“龟井君，你觉得这件案子的凶手可能是什么样的人？”

“我认为是与女子相识的年轻男子。”龟井答道。

“为什么那么想？”

“手提包中的钱包不翼而飞，仅凭这一点可能以为是抢劫，但如果是流窜犯，会连同手提包一起拿走，也不会留下昂贵的手表。也不像是强奸杀人，因为死者身上不但没有遭到强奸的痕迹，就连强奸未遂的迹象都没有。被害人是在别处溺死之后被运到多摩川的，如果是流窜犯不会如此费事。之所以把尸体运到远处丢弃，或是为了隐蔽犯罪现场，或是罪犯不想把尸体放在自家附近的心理所促使的。所以我认为，凶手是与女子相识的人。”

“这些推论我都赞成，但为什么说罪犯一定是男的呢？”

“罪犯可能是把被害人的头按到注满自来水的水洼或洗脸池里溺死的，而被害人是一个年轻的高个儿女子，所以罪犯需要有相当大的力气。”

“所以你说，罪犯是个年轻的男子？”

“是的。”

“可当今这个时代，为了美容和健身，有的家庭主妇也在练举重，所以她们也很有力气呀。”

“警部，您认为罪犯是女性吗？”

“不，我不是那个意思。我只是怎么也想象不出这个案子中罪犯的形象。”

十津川仍然站在那里望着窗外。他期望着这场雨持续下去，可这时雨似乎已经停了。

十津川曾见过一个年轻男子的尸体，脸上和身上有几十处刀伤，显示了罪犯对他的憎恨程度。这样的案件，凶手的形象会清晰地在十津川的头脑中出现。但这次的案件很难猜透罪犯的意图，所以罪犯的形象也很难浮现。

突然，一阵尖锐的警报声响起，白色的救护车驶过窗下的道路。

"我总是惦记着下行'隼鸟号'的事。"十津川说道。

"因为青木记者的证言？"

"是的。如果他的证言是真的，被害人就是蓝色列车上的女子。"

"可是，警部，蓝色列车上的女子是被害人的可能性已经很小，而且青木说的那些话有些牵强。"

"确实如此，不过我还是放不下。"

如果被人从"隼鸟号"搬到"富士号"这件事是青木信口胡编，那他为什么要编造这样的蠢话呢？

面对调查杀人案的警察编造出如此离奇的谎言，对青木又有什么好处呢？

反过来，如果青木说的是事实，罪犯的目的又难以断定。

如果只是因为青木在蓝色列车上见过那个女子就让青木遭此毒手，那罪犯为什么不直接把青木杀掉呢？

十津川想，不管怎样也要再找青木谈一次。

第四章

中间站停车

運転停止

1

第二天，也就是3月30日，青木一来到杂志社便向宫下总编恳求道：“今晚再让我坐一次蓝色列车吧。”

宫下抬头用犀利的目光看了一眼头上还缠着绷带的青木，说道：“报道写出来了吗？”

“为了写报道，我无论如何也想再坐一次蓝色列车。”

“你是说，不然的话你就写不出报道来了？”

“是写不出好报道。”

“什么意思？”

“您不是需要一篇读者喜欢看的有意思的报道吗？”

“废话！”

“那种蓝色列车体验记之类不痛不痒的报道，我现在就能写出来。不过，我有可能是卷入了一场谋杀案。”

“你是说，脑袋被打破的事？”

“不是我，是多摩川发现年轻女子溺尸那个案子。死者有可能是我在蓝色列车上遇到的一个女子。如果她们是同一个人，我就能写出一篇很好看的报道。不管怎么说，就在女子遇害之前我和她说过话。”

“可是，你有证据证明她们是同一个人吗？”

“正是为了找证据，我才想再坐一次下行‘隼鸟号’。”

“再坐一次你就能找到证据了？”

“我一定会找到。我要抢在警察前面，让他们瞧一瞧。”

“警察不相信你的话？”

“根本就不相信。他们说，从物理学的角度看是不可能的。我就是想给警察点儿颜色看看。”青木满怀信心，兴奋得脸都红了。

宫下看着青木的样子笑了，随后又严肃地说：“如果没找到证据，写不出好报道，旅费你自己掏。”

“就是说，您同意我去了？”青木眼睛一亮。

宫下微微一笑，说道：“即使我不同意，你不照样会擅自休假前去吗？”

“我会那样做的。”青木扑哧一声笑了。

青木立刻前往神田站去买车票。

单间卧铺颇受欢迎，当天的票已售罄。无奈，青木只好买了二等卧铺票。

与三天前的3月27日一样，青木下午4点来到东京站。虽然没有买到单间卧铺，但他要采取与那天一样的行动。

蓝色“隼鸟号”的车体与那天一样，优雅地横卧在13号站台。

站台上仍然有很多手持照相机和录音机的少年，随心所欲地跑来跑去。

其中也有一些与那天一样的面孔，看样子是常客。

青木也加入其中，把镜头对准了停在站台的“隼鸟号”。他又来到1号车厢看了看单间卧铺，那个女子自然没有出现。

下午4点45分，“隼鸟号”正点缓缓驶出了东京站。

青木在1号车厢的过道上站了一会儿，眺望着窗外掠过的景象。

除了他以外，还有两个年轻人靠窗向外眺望。其中一个手持八毫米摄影机，似乎时刻准备把镜头对准遇到的好风景。青木想起，那一天在车上也有一个手持八毫米摄影机的年轻人。

列车刚过静冈，青木就像那天一样走向了餐厅。

他坐在同一个座位上，点了同样的啤酒和关门套餐。也许这些与事件无关，但青木还是想采取与那一天一样的行动。

不过，这次坐在青木面前的不是身穿粉红连衣裙的年轻女子，而是带着小孩儿的一对年轻夫妇。当然，直到他用完餐也未见到身穿藏青色双排扣西服的律师走进餐车。

只有列车与那天一样，按部就班地行驶在夜色中。

岐阜	22：02
京都	23：34
大阪	00：08

“隼鸟号”正严格地按着时刻表停车、发车。

到了大阪站，那个“少年三人组”又出现了。他们仍然戴着棒球帽，手持闪亮柯尼卡相机。

青木很想走过去喊一声“加油”，给他们鼓鼓劲儿。

0点36分，车到了三宫站。

坐在6号卧铺车厢下铺的青木看了一下手表。

按照时刻表，凌晨3点35分列车将到达下一站系崎。此间，这列“隼鸟号”将中途不停车地通过四十四个车站。

可照此下去，凌晨4点05分青木不可能坐到“富士号”上。不仅如此，多摩川的那具溺尸与乘坐“隼鸟号”的女子同为一人的可能性也将不复存在。

躺在上铺的中年男子已是鼾声大作。

按往常，此时青木应该已喝光小瓶威士忌，可今天他没这个心情。他起身走到车门口，点上了一支烟。

如果那天的体验是现实而不是梦幻，那么“隼鸟号”在到达系崎之前必须停一次车。

青木靠在车门上，打开了袖珍时刻表。从昨天开始，这个时刻表他翻来覆去看了无数次，可结果都一样：从三宫到系崎中间不停车，其间的所有车站都标着不停的符号。

（可是，这趟列车应该停啊。）

青木坚信会停车。不然的话，他说出的那些奇特经历就会化为梦呓。

青木把时刻表揣进大衣兜里，凝望着车窗外的夜色。

过了凌晨 1 点，列车通过姬路站，没有停车。

为了驱赶睡意，青木继续抽着烟。

凌晨 2 点已过，“隼鸟号”仍以令人发困的单调节奏行驶着，就像是在拒绝停车。

（如果中间不停车一直开到系崎，会是什么结果呢？）

正想着，列车突然放慢了速度。

夜色中，远处那些一掠而过的灯光，看上去突然停滞不动了。

很明显，列车在减速。

（遇到了红色信号？）

青木看到了车站的灯光。

列车的速度进一步下降，正缓缓地接近泛白的站台。随着一次震动，青木乘坐的下行“隼鸟号”停了下来。

青木凝望着站台上竖立的站牌，上面写着“冈山”二字。

青木看了一下手表，时间是凌晨 2 点 25 分。

2

青木兴奋得两眼发亮。

下行“隼鸟号”停在了时刻表上标明不停车的冈山站。

但是，车门并没有打开，也没见乘客上下车。

难道是因为事故而停车？

青木找到站在车门口的乘务员问："车为什么停下来了？"

乘务员朝窗外的站台望了一眼，答道："这是中间站停车。"

"什么是中间站停车？"

"在这儿停车是为了司机交接班、装卸货物，还要加水，所以没有乘客上下车。"

"下行'隼鸟号'总是要在冈山进行一次中间站停车吗？"

"是啊，每次都是2点25分停车。"

"能让我在这儿下车吗？"

"在这儿？"

"对，我一定要下车。"

"可是，中间站停车时乘客是不能上下车的，所以……"

"我感到有点儿恶心。"

"什么？"

"刚才开始就恶心想吐，求你放我下去吧。下到站台上吹吹风可能就会好一些。"青木故意弯着腰求乘务员。

"可现在是凌晨2点呀。"

"我知道。反正你先让我下去吧，我都要吐了。"

"知道了，下车以后最好找车站工作人员弄点儿药吃。"乘务员热心地说着，打开车门让青木下了车。

青木下车来到空无一人的站台上。

此时，司机交接班和装卸货物都已结束，下行“隼鸟号”几乎在青木下车的同时出发了。

“原来，下行“隼鸟号”在冈山停车呀。”

青木自言自语，目送列车的尾灯渐渐消失在黑暗中。

青木走出检票口，进入彻夜开放的候车室等待天亮。

深夜，没有旅客的车站一片死寂。

青木看到一部黄色电话[①]，便把兜里所有的一百日元硬币全部投了进去。他想给东京的搜查总部挂电话，把自己的发现告诉给十津川警部。

“您知道我现在在哪儿吗？”青木对接电话的十津川说道。

“不知道。”十津川回答。

“我在冈山站，下行‘隼鸟号’在冈山是停车的。我可能就是在这儿被人搬下来的。这件事我打算继续调查。这样一来，多摩川的女尸与蓝色列车上的女子同为一人的可能性不就大大增加了吗？”

青木说完自己想说的话，便挂断了电话。

青木放下听筒后，再一次环视了一下深夜的车站。

整个车站似乎在昏睡，只有一扇开着的售票窗口似乎在显示车站里还有一点儿生气。

---

① 黄色电话，此处指的是日本早期的一种公用电话，打电话时需投放一百日元的硬币。

候车室里还有两个中年男子打着鼾睡在那里。

青木无法判断他们的身份。两个人相距较远，不像是熟人；穿戴整齐，也不像是流浪汉。大概是在等候始发车的乘客。

青木知道“隼鸟号”在冈山站停车后便处于兴奋之中，根本睡不着。

他在椅子上坐下，点上一支烟。在荧光灯的白色灯光下，一缕青烟缭绕而上。

青木不知抽了多少支烟，厕所也去了好几趟。

接近凌晨4点，“富士号”停在了站台上。青木看了一下手表，是凌晨3点41分。看来“富士号”也和“隼鸟号”一样，在此处中间站停车。

天终于亮了起来。

随着一阵杂沓的脚步声，一群公司职员模样的人走进了车站。上行和下行的新干线“回声号”都在冈山始发，他们可能是乘坐这些列车的。

检票员走出来打开检票口，各个窗口也相继打开。

昏睡的车站醒过来，开始了一天的活动。酣睡在候车室的那两个男子，不知何时已不见了踪影。

乘客越来越多，早高峰到来了。

青木见到站长，递上名片请求协助。

站长个子不高，戴着一副深度眼镜。很显然，他对青木说的事很感兴趣。

他马上把28日清晨给下行“隼鸟号”装卸货物的年轻货运员小田叫了过来。

小田是个二十五六岁的小伙子，很胖，胖得似乎都要把制服撑破了。

青木问小田：“3月28日凌晨2点25分，下行‘隼鸟号’在这儿中间站停车了吗？”

“是啊，和往常一样。”

小田的声音有点儿像女人，和他的身材很不相配。

“你记得那时候有一位乘客下车吗？”

“嗯……”小田想了想，说道，“你这么一说我想起来了，我看到有两个人下了车。”

“是单间卧铺的1号车厢吗？”

“不是。我记得是中间位置，大概在6号车厢。”

“那两个人长什么样？”

“我当时正在行李车那儿忙活，只是远远看见的，长相没看清，是两个男的。一个人搀扶着另一个人，其中一人好像是喝醉了，浑身无力的样子。他们从车上下来后，坐在站台的凳子上，就再也没有动。”

“那两个人穿着什么衣服？”

“两个人都穿着大衣，就像你现在穿的这种。对了，人事不省的那个男的还戴了一顶帽子。”

“帽子？”

“帽檐很长。怎么说呢，戴上那种帽子根本看不清脸。”

“另外一个人也戴着帽子吗？”

“扶着他的那个人戴着一副墨镜。”

“他们带行李了吗？”

“清醒的那个人拿着一个波士顿包和一个挎包，其中的一个包可能是人事不省那个人的。”

“你记不记得那两个人坐到站台的凳子上之后都做了什么？”

“我装卸完货物，还要忙着把那些货物从站台上运走，所以此后的事我就不清楚了。只记得，当下行‘隼鸟号’发车时，那两个人还在凳子上休息，不会有错的。当时我还想，两个人被列车抛下，怪可怜的。大概是朋友酒喝多了受不了，另一个人就把他搀扶下来了。”

“你还记得清醒的那个人是什么样的体型吗？”

“我离得很远，没太看清，但好像体格很健壮。”

“下行‘富士号’也在这儿中间站停车吗？”

“一样停车。也在这儿进行司机、副司机的交接班，装卸货物，还要加水。”回答的是站长。

“‘富士号’停车时，也是你负责装卸货物的吧？”

“是的。这是我的工作。”说着，小田耸了耸肩，弄不清是不太喜欢现在的工作，还是觉得不好意思。

“那个时候，你说的那两个人还在站台上吗？”

“这不好说。停车时间短，又忙着工作，不记得了。也许在那儿。”

“我记得行李车是连在机车后面吧？”

“机车后面连的是电源车，电源车的后半部分才是行李车。”

“这么说，你是在站台最靠前的地方装卸货物？”

“是的。”

“在这种情况下，即使那两个人从后面上车了，你可能也察觉不到吧？”

“那当然。当时我忙着装卸货物，其他车厢以及站台后面的事我就不知道了。站台很长，列车共有十三节客车车厢，再加上机车和行李车共有十五节，我在前面当然察觉不到了。”小田似乎有些生气。

青木却对这一回答感到很满意。

（我一定是那个时候被人搬上“富士号”的。）

通过仓敷时，青木手表的指针指向 4 点 02 分。如果在冈山停车是在 3 点 41 分，时间正好吻合。

为什么要把自己从“隼鸟号”弄下来搬到晚一小时十五分开来的“富士号”上呢？青木觉得，其中的原因已经很清楚了。

青木为采访蓝色列车乘坐了 3 月 27 日的下行“隼鸟号”，碰巧遇见同在 1 号车厢的那个女子，给她拍照并搭了话。为了谋害她而乘坐“隼鸟号”的凶手觉得青木碍事，就往青木自带的威士忌里投了安眠药让他熟睡，等车到冈山站时把他弄下了车。

青木认为，罪犯至少有一男一女两个人：一个是在冈山站把青木扛下去的那个男子；另一个女子身穿与被害人一模一样的服装，在 8 号包厢装作无事发生的样子，并在终点站下车，制造被害人平安到达西鹿儿岛的假象。

男子在冈山站把青木弄下车后，又把他搬到下行“富士号”上，而且是与下行“隼鸟号”一样的 7 号包厢。

青木觉得自己终于弄明白了那个男子为何如此大费周折。

如果罪犯把睡着的青木扔到冈山站不管，人们会猜疑“隼鸟号”上发生了什么事。若扔到山上，也会引起人们的怀疑。

只有一种方法可以让青木难以察觉自己身上所发生的事，那就是让他安全到达西鹿儿岛，而且让他自己觉得是乘坐“隼鸟号”到达的。

但罪犯又不能把青木再搬回到原来的“隼鸟号”上，因为他们要在那里谋杀那个女子。于是，他们只好把青木搬到“富士号”的单人包厢。

为什么是“富士号”呢？有两个原因。

一是“隼鸟号”和“富士号”的列车编组完全相同，都是机车—行李车—单间卧铺（一节）—二等卧铺（六节）—餐车—二等卧铺（五节）。

二是“隼鸟号”和“富士号”都开往西鹿儿岛。

东京开往九州的蓝色列车还有四趟。“樱花号”和“瑞穗号”没有单间卧铺，“晨风 1 号”有单间卧铺，但终点是博多。

因此，编组和终点站完全相同的两趟列车只有“隼鸟号”和“富士号”。而且“隼鸟”“富士”这样的标识，只展现在机车车头、车厢侧面以及列车的尾部，坐在车里根本看不到，所以车里的人分不清自己坐的是哪趟车是完全有可能的。

进入九州以后，“隼鸟号”走鹿儿岛干线，“富士号”走日丰干线，但终点站都是西鹿儿岛。

如果乘客一直酣睡到西鹿儿岛站，等列车到站后匆忙下车，恐怕很难马上弄清自己坐的是“隼鸟号”还是“富士号”。如果没有完全清醒过来，就更难以分清了。即使发现列车超过规定时间到站，也会自己随意解释说，可能是自己睡着后列车发生了什么事故，所以晚点了。

这就是罪犯打的如意算盘。

罪犯估计，把青木弄上“富士号”后，由于药物的作用，他可以一直睡到终点站——西鹿儿岛。可是他们没有计算好，青木竟然在中途醒了过来。

即使这样，青木在刚醒来后的一段时间，仍然相信自己坐的是“隼鸟号”。如果当时青木一直在铺位躺着没到过道上，即使一直坐到西鹿儿岛也不会引起他的怀疑，因为很难消除“我坐的是‘隼鸟号’”这一先入之见。

随着天亮，会开始车内广播，可几乎所有的乘客都不会注意听，尤其是坐到终点站的乘客更是如此。

可是，青木在过道上发现，从8号包厢走出来的是一个中年妇女，而且列车通过仓敷时已过了凌晨4点。看到这些，青木自然会感到奇怪，开始意识到自己不知何时已坐到了“富士号”上。

因为罪犯发现他们的计划已失败，无法再继续欺骗青木，如果被其告发“隼鸟号”里有案件发生，事情就会变得更糟，于是，罪犯便在青木想找乘务员印证自己想法的时候击打其头部，使其失去了知觉。

既然青木被打得失去了知觉，那就没有必要把他带到西鹿儿岛了。于是，罪犯就把他丢弃在了门司站。门司站是九州的出入口，上下车的乘客很多，可以很容易地把浑身无力的青木弄到站台上而不被人怀疑。罪犯一定是因此才选择了门司站。

（罪犯是谁呢？）

是自称高田的律师，还是其他人？但无论是谁，罪犯最初一定是乘坐了“隼鸟号”。

“青木先生？”

听到站长的召唤，青木这才回过神来。

站长和小田疑惑地望着青木。

“你这是怎么了？”站长凑过来望着青木问道。

青木急忙摇了摇头：“没什么。你们说的那些事对我很有帮助，这下我可以写出有趣的报道了。”

3

当天下午，负责监视银座高田法律事务所的吹田警部补给搜查总部来了电话。

“高田律师露面了。他拿着波士顿包，好像没回家直接来事务所了。”吹田的语气有些紧张。

“他一个人吗？”

“一个人。怎么办？”

“你先带他去医院，辨认一下遗体。然后，再把他带到我这儿来。听好了，一定要客气一点儿。对方可是有身份的律师，不是嫌疑犯。”十津川叮嘱道。

过了约两个小时，律师高田去医院辨认完尸体后来到了搜查总部。

十津川站起身来迎接了他。

青木说过，当时高田穿的是双排扣西服。可现在他穿着便装，薄毛衣外面套了一件休闲西服，也许是在事务所换了装。

高田律师看上去头脑聪慧，年轻气盛。

（树其为敌，恐怕不好对付。）

十津川心里掂量着，请高田坐到椅子上。

“遗体辨认出来了吗？是在蓝色列车上遇到的女子吗？”

“像倒是很像的。”高田说完，征得十津川允许后从兜里掏出了香烟。

“您的意思是说，很像，但不是？”十津川盯着高田问道。

高田点上一支箭牌香烟，像是有意岔开十津川的问话，吐了一口烟。

“怎么样，您认为是其他人？”十津川再次问道。

高田微笑着说：“我这个人比较注重事实。”

“您能说得具体点儿吗？”

“我在3月27日乘坐下行‘隼鸟号’时，遇见了一位美女。她很有魅力，给我留下了很深的印象，所以她穿着什么样的衣服我也记得很清楚。‘隼鸟号’的终点站是西鹿儿岛，我就是在那儿下的车。我下车时看到那位女子也在下车，这是事实。所以，我刚才看到的遗体虽然和她很相像，但我只能认为死者是另外一个人。”

“您记得一位叫青木的周刊杂志记者吗？”

“青木？啊，我记得，他还给了我一张名片……”

“听说，您还把青木遗忘在餐桌上的照相机交给了服务员。”

“是啊，有这么回事。”

“青木记者说，照相机失而复得固然高兴，但不知何时里面的胶卷被人抽走了，所以感到很气愤。”

“他总不至于说是我把胶卷抽出来的吧？”高田说着，好像颇感有趣地笑了。

“青木记者好像怀疑是您干的。”

“那我可有点儿冤枉，我为什么要那么做？”

“他说是因为给那个女子拍了照，所以您把胶卷抽出来了。”

“他说我是出于嫉妒？”高田再一次颇感有趣地笑了。

“他倒是没那么说。不过，青木记者看过遗体后做证说，死者肯定是乘坐蓝色列车的那位女子。”

“也难怪。”

“此话怎么讲？”

“因为长得实在太像，他那么认为也是情有可原的。但是，那天那位记者不知什么时候不见了。我本想到西鹿儿岛时再和他唠一唠，所以一直在出站口等他，可他最终还是没有出现，也许是中途下车了。如果他一直坐到西鹿儿岛看到那位女子下车，他就会知道，那具遗体虽然很像她，但是另外一个人。”

“听青木记者说，他是被人用药物催眠麻醉后，有人在冈山站把他从‘隼鸟号’上搬下来的。”

“哦？”

“然后，把他移到了晚一小时十五分开来的‘富士号’上，并在门司站把他抛弃在了站台上。”

“这是他编造的吧？”

“不，是事实。”

“可是，警察先生，到底是谁，为什么要做这种蠢事？把一个杂志记者弄到别的列车上又有什么用呢？”

“我们也弄不清缘由。不过，青木记者的奇特遭遇确是事实。他已到冈山站确认过。”

“请等一下。”

“怎么了？”

“在我的记忆里，蓝色列车在冈山站是不停车的呀！”

“我们看时刻表时，也是这么想的。但青木记者已确认，列车在那儿实际上是停车的。这种停车叫中间站停车，是为了司机交接班和装卸货物。”

“是吗？这可是个新发现，我一点儿也没注意到。”

“‘隼鸟号’在那儿停车是在凌晨2点25分，那时您可能睡着了。”

“的确，可能是睡着了。”

“您去西鹿儿岛是度假？”

“偶尔放松放松，想享受一下独自旅行的乐趣，所以一个人到南九州转了一圈，昨天回来的。”

“您还记得您住过的宾馆、酒店吗？”

“难道，你们是在怀疑我吗？”高田笑着问。

可十津川却板着脸说道：“我们认为，在多摩川发现的尸体就是蓝色列车上的那个女子。”

“有证据吗？我可不信。”

“我们有间接证据。”

“什么样的间接证据，您能告诉我吗？既然你们把我作为嫌疑人，我当然也有询问的权利。”高田的笑容消失，露出一副挑战的神情。

到底哪一副嘴脸是他的真面目？十津川边想边说道：“被害人的手提包里有青木记者的名片。青木做证说，名片是他在‘隼鸟号’上递给8号包厢那个女子的。”

“可是，他不能只给那个女子一个人吧？其实，我也有一张他给的名片。所以说，仅靠这一点恐怕不能断定她们是同一个人。如果在法庭，这种证据的可采性近乎零。”高田又显露出挑战的眼神。

“的确，您说的也有道理。”

十津川点头称是，并没有反驳。但心里想，为什么这位律师摆出这样一副挑战的架势呢？

“那么，您能告诉我您在九州时都住哪儿了吗？”

“您这个人也真够犟的。”高田耸耸肩，笑嘻嘻地说道。

“您住过哪家酒店？”

“我没有必要回答。”

“为什么？”

“没有任何证据表明，多摩川的那具溺尸就是‘隼鸟号’上的那个女子。我认为，连个间接证据都没有。也就是说，没有任何证据证明我与这件谋杀案有关。尽管如此，你们还让我提供不在场的证据，真是不可思议。还有一点，单间卧铺车厢里包括我在内共有十四位乘客，如果再加上二等卧铺车厢里的乘客，共有四五百人，你凭什么在这么多人当中，唯独调查我的行踪？我说的有错吗？如果有错，你们逮捕我好了！”

“不用了。您可以回去了。”

4

高田端着肩膀神气十足地走了出去。年轻的警部补吹田满脸不高兴地说道：“真是信口雌黄。”

他不满地“嘁”了一声，其他刑警也露出不悦的神情。

十津川饶有兴趣地看着他们，微笑着说道：“高田律师只是说了自己的正理而已，你们不必生气。”

“难道，对他所说的那些话，咱们就这样默认了吗？”吹田满脸不服地望着十津川。

“不得不认同啊。就像高田所说，目前还没有任何证据证明被害者就是蓝色列车上那个女子。”

“可是，许多线索不都显示出是同一个人吗？”

“这也跟高田说的一样，不是决定性证据。”

“警部，难道您相信那个骗子律师说的话？”吹田瞪着眼睛问。

“好了，你冷静点儿。”十津川说道，“我只是说，高田在理论上是正确的。可是，他越是生气地反驳，我就越确信自己的推理是对的。在我听来，他强词夺理反驳我们的那些话，就像是在强调多摩川的死者就是蓝色列车上的那个女子。”

“真的？”

十津川颇有自信地继续说：“如果高田赞同我们的想法，我可能反而拿不定主意。如果高田说她们或许是同一个人，我反倒会觉得可能是其他人。你们想想看，当听说与自己同乘一辆蓝色列车的女子在遥远的多摩川成为溺尸浮出水面，一般人都会感兴趣，觉得若果真如此该多么富有戏剧性。这是人之常情。可高田自始至终坚持说死者是另外一个人。道理上是对的，但不符合人情。”

吹田松了一口气，说道：“您要是这么想，那我就放心了。”

“你以为我被高田哄骗过去了？”

“我看您频频点头同意他说的话，心里渐渐感到不安。”

“我表面上点头，可心里却想，可能高田才是罪犯。就像刚才我说的，他的话虽然富有逻辑性，但缺乏人情味。所以，刚才的问话对破案很有帮助。”

十津川说着，再一次环顾了一下他的那些部下。

“高田有可能知道被害者是谁。当然，如果直接问他，他是不会告诉我们的。”

“也就是说，他是凶手？”吹田问道。

“还不清楚。但我想，他肯定在这个案件里扮演了某种角色。从青木记者相机里抽走胶卷的可能也是高田。他想通过销毁蓝色列车上的女子与被害人是同一个人的证据，想让我们相信她们两者毫不相干。这不正是高田很了解被害人的证据吗？”

“您认为，如果调查高田的社会关系，就有可能查出多摩川死者的身份吗？”

“也许。死者也有可能是高田策划的某个案件的参与者。反正，我希望你们对这个律师进行全方位调查。这样，真相一定会浮出水面。”十津川非常有把握地说道。

吹田带着刑警们跑出了搜查总部。

十津川问留下来的龟井：“武田大臣名片的事查得怎么样了，有进展吗？”

“原印刷工高梨一彦的去向仍然不明。”龟井回答道。

“他失踪有一年半了吧？”

“五亿日元诈骗案刚发生他就失踪了，已有一年零七个月了。”

“时间够长的了。”

“也许他已经死了。我们查到他与印刷所附近咖啡馆的年轻女招待很要好，但他与这个女招待也没有任何联系。”

“就是说，他要么死了，要么逃到国外了。”

“如果高梨为某种目的拿了武田信太郎剩余的名片并用它做了坏事，能不能已经被同伙干掉了？”

“也有这种可能。但问题是，就算印刷工高梨偷取武田信太郎的名片与同伙谋划了那个诈骗案，可为什么多摩川的死者持有武田的那张名片呢？”

“我们查了与高梨有过交往的人，没有发现被害者那样的美女。”

“看样子，从印刷工那儿是查不出被害人的身份了。”

十津川并没有感到失望，因为他有一种期待，觉得通过调查高田律师的相关情况或许能查明被害者的身份。

“后天武田大臣就要回国了。”

“是啊，3 月份也快过去了。”

十津川很想在武田大臣回国之前了结这桩案子，可现在连被害人的身份都没有弄清，也就没有了如期逮捕罪犯的自信。

“您想见大臣吗？”龟井问。

“啊？”十津川反问道，“为什么要见他？我可不擅长跟政治家打交道。”

“我是想知道，他本人对那个诈骗案有何感想。”

“无可奉告。”

“您说什么？”

“我翻了翻当时的报纸，上面登有武田信太郎的谈话，他只说了一句‘无可奉告’。”

“真是太冷漠了。”

“其实，政治家发言就是这样。尤其当时正赶上媒体大肆攻击和批判银行及大企业的政治献金。如果说得不好，就有可能被人抓住把柄。”

十津川对此事并不感兴趣。无论武田对两年前的诈骗案有何看法，就目前而言，恐怕与这起杀人案没有关系。

龟井似乎想起了什么，说道："还有一件事，不知跟这个案子有没有关系。"

"什么事？"

"我们查到高梨有前科。"

"他干什么坏事了？"

"他到山田印刷所工作的前一年，因伤害罪被判刑三个月。"

"山田印刷所知道这件事吗？"

"好像知道。因为老板具有更生保护司[①]的头衔，所以高梨很快就被录用了。如果高梨真是诈骗案的罪犯之一，那可真是养虎遗患啊。"

十津川扑哧一声笑了，因为龟井竟然说出了如此老套的成语。

5

青木坐新干线从冈山回到了东京。

---

① 更生保护司，日本法务大臣任命的民间志愿者，主要通过帮助和教育刑满释放人员以及失足少年，使他们走向正路，成为健全的社会人。

青木在冈山站下车有一个收获，那就是印证了他原来的猜想都是事实。至少青木自己是这么认为的。

他认为有人不但给他的酒里投了安眠药，还给他打了麻醉针，等他熟睡后，又在冈山站把他从“隼鸟号”弄下来，搬到了晚一小时十五分开来的“富士号”上。

被卷入谋杀案的蓝色列车之旅

青木觉得，用这个题目可以写出好看的报道。

他与冈山站的站长以及年轻货务员小田的谈话都已录了音。

就差询问那位下行“富士号”的乘务员了，他一定会记得青木在车上吵嚷的事。当时吵得那么厉害，他应该记得。青木想，如果能找到那天在单间卧铺车厢的那些乘客，把他们的证词录下来就好了。可这是不可能的，因为坐卧铺不同于住酒店，是不记录乘客住址的。

蓝色列车上的当值乘务员每天都要轮换。青木听说，27 日东京始发的下行“富士号”由东京乘务段的四名乘务员值班，便前往东京车站，来到位于丸之内北口红砖楼二楼的东京乘务段。他向一位叫加藤的副段长请求道：

“我想见一见 3 月 27 日下行‘富士号’1 号车厢的乘务员。”

“3 月 27 日的下行‘富士号’。”加藤重复了一句，便拿出日志查找起来，“您说的是 1 号车厢的乘务员吗？”

“是的，单间卧铺车厢的乘务员。”

“他叫北原。”

“我想见他问点儿事。”

“什么事？”刚才还在微笑的加藤变得严肃起来。

“是这样的，我3月27日乘坐下行‘富士号’时，曾受到1号车厢乘务员的诸多照顾，所以想当面向他致谢。”

“原来是这样。”加藤的表情又变得温和起来。

青木对他的这种表情变化甚感疑惑，问道：“发生什么事了吗？”

“不，没什么。”

“您能让我见见北原先生吗？”

“乘务员热情为乘客服务都是应该的。您来过的事，我可以转告他。您是……”

“我叫青木。”说完，他把印有杂志社名字的名片递了过去。

“原来是周刊杂志社的呀。”

加藤又警觉了起来。青木想，这到底是为什么呢？

“北原先生现在在哪儿，还在下行‘富士号’上值班吗？”

“没有。”

“他在休假？”

“您要把他的事写进你们的杂志里？”

“我准备写他对我的热情帮助，不可以吗？”

“那倒没什么，不过，您能保证不侵害北原君的个人隐私吗？”

“我不知道您在说什么，我们写报道任何时候都不会侵犯个人隐私。北原先生出了什么事吗？”

“反正早晚你也会知道，我就告诉你吧。其实，北原君昨天深夜死了。”

“死了！真的吗？”

“昨天他正好休假，喝醉了酒，在深夜回家的路上掉进河里淹死了。”

“掉进河里？”

“是啊。他住在向岛，喝醉酒以后走在隅田川沿岸高高的防护堤上。警察说，他可能是一脚踩空跌落下去的。今天早上，有人发现他卡在附近的一艘船上。他是一个好人，真是太遗憾了！”

听完这些话，青木心中五味杂陈。

青木一方面失望于自己为找证人兴冲冲赶来，却扑了一个空，同时又觉得乘务员北原的死必有蹊跷。

“这么说，他的死是一场意外？”

“是的。他喜欢喝酒，因为喝醉了才会走到防护堤这样危险的地方。”

“能不能是被人害的？”

“真是无稽之谈！”加藤愤怒地瞪着青木，气氛极为紧张。同事意外身亡，他显露出这种态度也在情理之中。

“非常抱歉。”青木虽然低头致歉，可作为一名杂志记者，他并不想把乘务员北原的死只当作一场意外来看待。

（能不能是被人杀害了？）

也许是因为青木自己也正处于案件的旋涡之中，他无法抑制内心泛起的这种疑问。

“能不能告诉我北原先生的住址？”

“为什么，您想用作杂志报道的素材？”

“怎么可能呢！”

“最近，我们国铁员工成为大家的眼中钉。说我们整天闹罢工，服务又差，端着国家的铁饭碗混日子，常常成为批判的众矢之的。对于这次醉酒坠河事件，那些媒体也一定会写这是员工行为懒散的证据，怎能把乘客的性命交给这样的乘务员，等等。”

“我可不想那么做。我承蒙北原先生诸多照顾，只是想给他上一炷香而已。其实，我在‘富士号’列车上遇到了点儿麻烦，是北原先生帮了我。北原先生的日志上没写吗？”

“没有。下行‘富士号’的乘务日志上什么都没有写。可能您说的事算不上什么问题，不至于写到日志上。”

也可能真是如此。当时，青木虽然吵嚷，但乘务员以及其他乘客只是显得有些惊愕而已。当青木注意到自己是在别的列车上，想找乘务员印证此事时被人击打昏厥，所以乘务员可能根本就不知道发生了什么。

“也许是吧。”青木说道。

“那样的话，不写到日志上也并不奇怪。”

“在您这儿能查到那趟下行‘富士号’单间卧铺 7 号包厢的情况吗？”

“您说的情况指什么？”

“比如，车票是不是卖了出去。”

“这一点很重要吗？”

“我觉得很重要。”

“单间卧铺应该总是满员的。不过，在我这儿无法查到这一情况。”

“到哪儿能查到？”

“好吧，我问问订票中心。”

加藤用里面的内部电话询问了一会儿，放下听筒走回来说：“那一天 7 号包厢的票在发车前五天就卖出去了，是从东京到西鹿儿岛的。”

“知道是什么人买的吗？”

听到青木的问话，加藤笑着说：“如果卖票时，一个一个地问姓名、住址，那卖票窗口什么都不用干了。你买票时报姓名了吗？”

“没有。”青木苦笑着答道。

可是，那个买了 7 号包厢车票的人究竟怎样了呢？青木在“富士号”7 号包厢的那段时间，那位买了该包厢车票的乘客又去哪儿了呢?

“刚才您问北原君的住址，那我就告诉您吧，反正报纸也会登出来。北原君的家在墨田区向岛二丁目。”

加藤最终还是告诉了青木。

第五章

不在场证据

アリバイ

1

到4月1日为止，十津川已相继收集到很多有关高田律师的材料。

高田出生在广岛市区。十津川为详细调查高田，询问过广岛县警察本部，还亲自给高田中小学时代的同学打过电话。当然也询问了高田的律师同行，还有大学时代和做见习律师时期的朋友。

于是，十津川在脑海里勾勒出了高田律师的人物形象。

高田悠一，三十七岁，出生在广岛市，是当地中心街一家糖果店店主的长子。

高田出生时店里共有十四名员工，那是一家规模很大的糖果店。但是，由于战争，店铺曾一度化为灰烬。战后，他家又在同一地点重新开了一家糖果店。据高田自己说，由于他是家里的独生子，少年时代被家里娇生惯养。

当时，正处于食品短缺的年代，但由于家里开糖果店有白糖特供，高田还是能吃到甜点。不过，高田并没有因此成为一个孱弱的少年。大家都说他头脑聪慧、倔强，有极强的表现欲。

中学二年级时，父母相继去世，店铺倒闭。高田被住在东京的叔父收养，在东京上了高中。

高中时他爱上了同班的一个女生。一个高田高中时的同学——现任银行职员的男子说：“当时，他谈恋爱是认真的，他真心爱着那个女生。”

但由于该女生遇到交通事故而身亡，这段恋情无果而终。

后来，他考入东京 N 大学的法学专业。大三时，他经历了第二次痛心疾首的失恋。也许是受此打击，他加入了无政府主义者的行列，言行变得很激进，以他为首的小团伙甚至被安全部门盯上。任其发展下去，高田就有可能涉嫌恐怖行为而被投入监狱。当时，该团伙内已经有几个成员因过激的恐怖行为而被逮捕。

但是，在某一个时期，高田的思想意识突然发生了一百八十度的大转变。他与那个过激的小团伙分道扬镳，开始拼命学习，到大四时通过了司法考试。高田过去的行为之所以没有被追究，据说是由于一位已步入政坛的大学学长在背后做了工作。

此后，他在一家有名的法律事务所工作了几年，三十四岁时独自开设了一家法律事务所。在此期间，经一位学长的介绍，他与比他小五岁的女子结婚。这正是他独自开设法律事务所的那一年。但一年后，二人因性格不合而离婚。这一年高田三十五岁。

高田作为刑事辩护律师，人们对他的评价褒贬不一。

有人认为，他虽然年轻但长于法庭辩术。也有人认为，他有很强的权力欲，动辄哗众取宠，而且不受理不赚钱的案子。

“不受理不赚钱的案子，这能是真的吗？”十津川看着记事本问吹田。

“有这么说的。但实际上他也接过几桩不赚钱的案子。”吹田也翻看着记事本说道。

“照这么说，那些传言有误？”

“不见得都是错的。”

“此话怎讲？”

“一般来说，由检察官转为律师的人往往有很强的权力欲。而一开始就踏入律师这一行的人，反对权力的人比较多，而高田是其中很少见的有权力欲望的人。周围的人也都说，他对金钱和权力感兴趣。”

“有道理。高田喜欢旅行吗？”

“可以说是喜欢吧。一年旅行四五次，也到国外去过几趟。”

“和女人的关系呢？现在有情人吗？”

“好像没有特定的女友。”

“一个三十七岁的健康男子能没有情人？”

“他经常出入银座的酒吧，据说很招女人喜欢。月收入近百万，又是美男子，更何况还是个律师。”

“他喜欢在酒吧喝酒吗？”

“关于这一点，律师同行们也有两种看法。”

“有意思，都是些什么看法？”

“有人说他喜欢酒吧的那种氛围，所以常去。还有人说，银座的酒吧和俱乐部常常有名人出入，他为了拉关系常去那里。确实，高田常去的K俱乐部，财界、政界的人物经常在那里聚集。他还向朋友说过，他喜欢接触政治家。”

“将来他想成为一个政治家？”

“也许吧。”

“话说回来，现在最关键的是确认死者的身份。死者能不能是高田经常出入的银座酒吧或俱乐部里的妈妈桑[①]或陪酒女郎？那女子一身世界顶级名牌，总让人觉得是高级酒吧或俱乐部里的人。”

“我也是这么想的，所以一家一家都去查过，可是……”

“没有收获？”

“很遗憾，还没有什么结果。在高田常去的银座酒吧和俱乐部里的陪酒女中，没有发现最近突然失踪的。”

“能不能是曾请高田辩护的某个人？”十津川思考着问道。

吹田从部下那里接过记事本，回答说：“自从高田独自开办法律事务所至今，他一共为三十二人做过辩护。其中既有高田独自担任辩护人的，也有同其他律师共同担任辩护人的。这三十二人中，男性二十四人，女性八人。这八个人我们都查过

---

① 妈妈桑，此处指老板娘。

了，她们之中不但没有类似被害人那样的女性，而且这八个人现在都还活着。”

也许是由于至今也没有在高田的周围查到被害人的相关信息，吹田的语速很快，似乎有些焦急。吹田很年轻，因不能马上寻找到线索而焦虑也在所难免。

看到十津川默默地反复看着他记的笔记，吹田板着脸提出了疑问：“受害人是高田律师的熟人这条线索，可能性是不是很小了？”

十津川温和地笑着，抬头望了一下年轻的警部补，问道：“为什么这么说？”

“高田的周围我们已经查遍了。他住在明大前[①]的高层住宅楼，我们把附近的咖啡馆、餐馆甚至他常去的理发店都查过了。他常常开车，所以连住宅和事务所之间的那座加油站也都调查过，可还是没查到被害者的线索。”

“你是说，再也没有可查之处了？”

“是的。被害人即使是蓝色列车上的那个女子，高田与她之间也可能只是在车上偶然相遇的关系。”

“那可不对。”十津川以明确的口吻说道，“只是偶尔相遇，高田就不会以那样过激的反应来主张蓝色列车上的女子是另外一个人。”

---

① 明大前，车站名，因明治大学在其附近而得名。

“也许是那样。可既然如此，为什么在高田的周边查不出被害人的线索呢？”

“原因只有一个。”

“什么原因。”

“查得还不够彻底。”

“可是，警部……”吹田凑上前来说道。

“我知道，你是想说该查的地方都查过了，是不是？”

“刚才我跟您说过，可查范围内的情况我们都查遍了。只要是高田律师的事我什么都知道，包括脚的尺码，甚至手相。算卦先生说，从手相上看高田是一个典型的野心家，属于主动火中取栗的性格，而且肝脏不太好。您说，您还让我查什么？”

“也许你都查过了。但我想，调查时会不会有什么疏漏，咱们一起再研究一下。首先，看看高田的家庭关系。”

“我连他的远房亲戚都查过了，没有符合条件的。”

“不会有错？”

“没错。听说他在吴市的一个亲戚家里最近死了一个女子，我便询问了一下，发现原来是小学五年级的小女孩儿。”

“接下来是高田常去的那些店。酒吧、俱乐部、餐馆之类的，你说都查过了是吧？”

“是的，都查过了。”

“店里最近辞职的女子，你都查了吗？”

“最近一年辞职的全都查过，其中也没有被害人。”

“高田的那些朋友呢？”

“现在与他关系较密切的朋友共有十二三个人。有做律师的同事、政治家以及财界的朋友等，其中没有女性。”

“最后，咱们看一看曾请高田辩护的那些人。”

“刚才我说了，全都查过，没有一个符合条件的。”

“还是有遗漏啊。”

“不可能吧……”

“家属呢？”

“高田没有家属，三十七岁，现在还是单身。前妻已经再婚，身体健康。”

“我说的不是高田的家属，我指的是高田朋友的家属，还有曾请他辩护的那些人的家属。如果查完这些人还查不出被害者的身份，那我就承认我的想法是错误的。”

2

搜查总部的黑板上并排写着三十二个人的名字，这些都是迄今为止高田为其辩护过的人。

其中共有八位女性，已经确认没有被害人。

只剩下调查这些人的家属了。如果调查完他们仍查不出被害者的身份，就有必要重新考虑搜查方针了。

每调查完一个人，十津川就将其名字从黑板上抹去。

当十津川擦去第八个人的名字时，龟井回来向十津川报告：“两小时前，武田运输大臣回国了。”

“对了，今天是武田大臣回国的日子。”

十津川再次看了看挂历。不知是由于已过三十七岁的缘故，还是被案件所迫，他觉得时间过得非常快。

“我立刻到机场见了神谷秘书官。”

“你说了那张名片的事了吗？”

“简单说了一下。”

“有什么反应？”

“他说，这事已经过去了，大臣也会这么认为。”

“果然是政治家似的反应。”

“不过，我从神谷秘书官那儿听到一件有趣的事。”

“什么事？”

“武田当了大臣后，马上就出席了这次的国际会议，所以还没回过故乡。”

“就是说，这次要荣归故里？”

“国会正在休会，所以武田从日本出发前就已经制订了荣归故里的计划。我是第一次听说，可据说报纸上早已刊登过。”

“武田大臣的家乡在哪儿？”

“这个嘛，不知应该说是很有趣，还是有问题……”

“是鹿儿岛吗？”

“正是。”

“总不至于乘坐蓝色列车荣归故里吧？”

“可问题是……”

“真是蓝色列车？”十津川不由自主地用双手搓起了脸颊，“这下可不好办了……”

“据说，最初是打算坐飞机的。”

“那是当然。”

“他的秘书官神谷说，现在国铁因赤字面临困难，所以强烈要求大臣坐国铁，所以就决定改乘国铁了。”

“可国铁不是有新干线吗？虽然不直达鹿儿岛，但可以坐到博多呀。”

“神谷秘书官说，他曾劝过大臣，如果不坐飞机可以坐新干线或汽车回去。可武田先生却说，孩提时代他就喜欢坐夜行列车，所以这次一定要乘坐现代的夜行列车回家乡。我觉得，他可能是想通过乘坐现在深受大家欢迎的蓝色列车来哗众取宠。”

“已经确定乘坐蓝色列车了吗？”

“听神谷秘书官说，已经安排完毕。后来我又向国铁打听，但他们没有明确答复我。不过，坐蓝色列车去鹿儿岛是不会有错的。”

“开往鹿儿岛的蓝色列车，只有‘隼鸟号’和‘富士号’，他们打算坐哪一趟？”

“神谷秘书官说，坐 4 月 3 日的蓝色列车。他还说，末班车比较拥挤，不想乘坐。所以我猜想，应该是乘坐‘隼鸟号’。”

听了龟井的话，十津川的表情渐渐严肃起来。他紧绷着脸问道：“4月3日不就是后天吗？”

十津川的声音似乎带着怒气。

“是的，是后天。”

“在3月27日之前，武田大臣是不是已经定下来乘坐蓝色列车回故乡了？”

“不清楚。不过可以确定的是，在出席这次国际会议之前就定下来了。神谷秘书官说，他在出发前就已经跟国铁说好了。”

“原来，3月27日之前就已经决定了。”

十津川断定，若果真如此，就要重新审视这次谋杀案意味着什么。

（如果罪犯知道了武田荣归故里的行程呢？）

为了确认此事，十津川叫人取来了3月份报纸的合订本，一张一张地查阅起来。

果然不出所料，消息早已登在了报纸上。

这是3月20日的早报。在第二版题为“政界往来”的栏目里，很简短地刊登着武田运输大臣要荣归故里的消息：

武田运输大臣计划下月3日荣归故里。他乘坐现在颇有人气的蓝色列车前往鹿儿岛的可能性很大。

十津川对亀井说："看来，高田还是知道了这件事。"

"大臣他们会准备一辆专列吧。"亀井说道。

"不会的。"亀井话音未落，十津川当即否定，"现在，国铁在诸多方面已成为众矢之的，尤其以长期赤字受人诟病。在这种情况下为运输大臣派一辆专列作为私用，一定会遭到媒体和社会舆论的围攻。而且，亲民是武田的'卖点'，如果乘坐专列，这一噱头也就会失去意义。所以，他一定会乘坐普通的蓝色列车。"

"如果与普通乘客在一起，警备是个大问题。"

"此事你也问过神谷秘书官了吧？"

"是的，问过了。"

"秘书官怎么说？"

"他说，不会有人伤害大臣。因为大臣没有政敌，而且大家都喜欢他的为人。"

"的确，作为秘书官自然会这样回答。你去详细查一查，大臣是否真的乘坐4月3日的蓝色列车。如果是真的，预约的是哪趟列车的哪个座位。"

"警部，您觉得车上可能要发生什么事？"

"说不准，所以要查一查。"

"要发生的事指的是……"

亀井刚说到这儿，吹田副警部兴冲冲地跑进了屋里。

"警部，被害人的身份弄清楚了！"

3

十津川拍拍龟井的肩膀说："这事就交给你了。"

送走龟井，他转身向吹田问道："是谁？"

吹田从兜里拿出两张照片摆在十津川的面前。

"姓名，田久保凉子，年龄二十三岁，身高一米六，S短期大学毕业，出生在奄美大岛[①]。她在东京的八王子市经营一家珠宝店，虽然店铺不大，但靠她的美貌和聪慧，生意兴隆。"

"是田久保信一的家属？"十津川看了一眼黑板说道。

田久保信一的名字在三十二人中排在第十二位。黑板上写着：

田久保信一（三十岁）

伤害罪（有期徒刑一年零两个月）

死亡

"溺亡者是他的老婆。可能是由于田久保信一在3月19日突然自杀，她开始讨厌在东京的生活，所以产生了回故乡奄美

---

① 奄美大岛，日本鹿儿岛县岛屿。

大岛的念头。被害之前，她曾清理过店铺。”

“田久保信一是个什么样的人？”

“毕业于 M 大学，就职于新宿的 A 百货商店。二十五岁时与当时十八岁的凉子结婚。两年后，他看到住在同一公寓的一个美术设计师纠缠凉子，极为气愤，便用刀把那个男子刺成重伤。”

“也就是说，高田律师就是在那个时候担任辩护人的。”

“没错。结果田久保被判一年零两个月，进了宫城监狱。田久保入狱后，凉子为了自谋生路到一家珠宝店工作，并开始学习珠宝鉴定技术。拿到资格证书后，自己在八王子市开了一家小珠宝店。听说她父亲给她留了一大笔遗产，她可能是以此作为启动资金的。”

“田久保何时出狱的？”

“关了一年就出狱了。出狱后夫妻二人一起经营珠宝店。”

“他为什么要自杀？”

“原因不明，也没有遗书。八王子的警察认为，他作为一个男人无法忍受靠妻子养活自己，所以才自杀的。”

“原来是田久保凉子。”

十津川再次看了一眼两张照片。

两张照片都是彩色的，其中一张，一个女子与一个男人并排站在一起。从她微笑的模样可以看出，她就是被害人。

“一起合影的这个男子就是田久保信一？”

"是的。"

"照片是从哪儿弄来的？"

"从附近的商店借来的。据说，这是他们去水上温泉时，在当地的商业街拍摄的。"

"咱们拿着这张照片，去会一会那位高田律师。"

"是去逮捕他吗？"

"别急呀。"十津川笑了，"不能因为弄清了被害人的身份，就给高田签发逮捕证啊。"

"可是，那个女子与高田的确有关系啊。"

"他们之间没有直接关系。假设高田是罪犯，那他的动机是什么？"

"感情纠葛呗。丈夫信一入狱后，田久保凉子与高田之间便有了男女关系。她年轻、貌美，高田染指于她也没什么可奇怪的。"

"你是说，田久保信一出狱后得知此事，因为受打击自杀了？"

"是的。"

"那高田为什么要杀凉子？"

"高田休假乘坐蓝色列车，凉子也偶然在同一个卧铺车厢。仍迷恋凉子的高田追求她，但遭到她的断然拒绝。"

"于是，他就勃然大怒杀了她？"

"是的。就像您以前说过的，把头摁到包厢的洗脸池里。"

“可是，吹田君，那具尸体为什么会漂在多摩川上？”

“这一点，我也弄不明白。”

吹田的话语里带着遗憾。

4

十津川带着吹田来到了位于银座的高田法律事务所。

高田笑脸相迎，把他们二人让进接待室，并让年轻的女办事员端来了咖啡。

“多摩川溺亡尸体的身份查到了。”十津川一边往咖啡里加糖，一边对高田说道。

“那太好了。”高田说着，表情没有丝毫不安。

“她叫田久保凉子，二十三岁。”

“噢。”

“您认识？”

“不认识。”

“那，田久保信一这个名字您听说过吗？”

“田久保？”

“没听说？”

“没听说。”

“那就奇怪了。他犯过案，还是您给他辩护的。”

“稍等一下。噢，我想起来了。我记得，他是一个百货商店的店员，卷入了一起伤害案。就是他。这么说，田久保凉子是他的妻子？”

“是的。不是她委托您辩护的吗？”

“对，对。我渐渐想起来了。是一位年轻、漂亮的夫人，她来找我商量给田久保辩护的事。难道她就是……”

“她就是那位死者。你看到她遗体的时候没想起来吗？”

“我给很多人做过辩护人，不一定都记得。您这么一说，我觉得确实很像她。”

“那您为什么说，死者是您在下行‘隼鸟号’上第一次见到的那个女子？”

“您等一下。”

“怎么了？”

“我承认那个遗体可能是田久保凉子，她们的确很像。但我不认为乘坐下行‘隼鸟号’的那位女子和死者是同一个人。我亲眼看到乘坐蓝色列车的女子，确实是在西鹿儿岛站下的车。”

“就是说，您也是在西鹿儿岛下的车？”

“上次已经跟你们说过了。”

“那，能不能把您住过的酒店告诉我们？上次您说没那个必要，但这次情况不同了，因为我们知道了您与被害人相识。即便蓝色列车上的女子是另外一个人——不，如果是另外一个人，则更需要你不在现场的证明。”

“您是怀疑我在下行‘隼鸟号’上中途下车，返回东京后将那个——嗯，叫什么名字来着？”

“田久保凉子。”

“对，然后把她杀掉？”

高田的眼角泛起了笑意。

“您在鹿儿岛住的是哪家酒店？”

“住哪儿来着？我查一下。”

高田从口袋里掏出记事本翻了起来。

“3 月 28 日，我住在西鹿儿岛车站前的一家酒店，名字叫‘中央酒店’。这是一家新建的酒店，给我的印象不错。第二天，也就是 29 日，我去了宫崎，住的是‘宫崎第一酒店’。30 日，住的是别府的‘新别府酒店’。这些都是大酒店。”

“您一个人入住的？”

“这次休假，我想享受一下纯粹的单独旅行的乐趣，所以订的都是单人房间。”

“您住酒店的时候，酒店里是否发生过给您留下深刻印象的事？”

“嗯，在宫崎入住‘宫崎第一酒店’时，发生过小火灾。不过，没人受伤，也不算什么事。”

“登记时用的是真名吗？”

“是啊，没有必要用假名。”高田回答时似乎很愉快。

面对高田的这种态度，十津川内心感到一丝焦虑，但他还是耐心地问道："您知道田久保信一自杀的事吗？"

"知道啊。我总是挂念那些曾请我做辩护人的人。他的告别仪式我也去了，还上了一炷香。"

"您认为他为什么要自杀？"

"不知道。他虽然有前科，但已经受到了惩罚。而且那个时候，我作为他的律师，正想找他谈谈今后的打算。我怎么也猜不出他为什么要自杀。"

"那您知道田久保凉子为什么被杀吗？"

"您是怀疑我是凶手吧？既然如此，您竟然还向我问她被杀的理由？"高田的眼神里带着嘲讽。

年轻的吹田一直在十津川旁边听着，这时也忍不住板着脸反驳道："既然心中无愧，就坦率地回答好了。"

"我倒不是心中有愧，只是她的突然死去令我感到吃惊，甚至看到她的遗体也没有辨认出来。"

说完，高田收起笑容，一脸不高兴地说："好了，我也很忙，到此为止吧。"

"我们还会再来的。"

十津川一边说着，一边示意吹田，站起身来。

正当二人要走出事务所时，就像是印证高田说自己很忙的话一样，一个高个儿戴眼镜的男子急匆匆地走进了事务所。

5

刚走到外面，吹田突然站住了。

“刚才那个男的我见过。”

“他是谁？”

“他好像叫山本正夫。”

“黑板上面有这个名字，是曾请高田辩护的人吧？”

“是的。他曾经因对妇女施暴和伤害罪被逮捕过两次，两次都是由高田辩护的。第一次对妇女施暴被判缓刑，第二次施暴被判一年有期徒刑。”

“原来如此。”

“这种人来他这儿，是不是有点儿问题？”

“所以呢？”十津川非常冷静地反问吹田。

“所以我们要采取点儿行动。”

“你说采取什么行动？”十津川笑着向停车场的方向走去，“高田是一个律师。他自己说过，他像亲人一样关心那些曾请他辩护的人。所以，那类人出入他的事务所也没有什么可奇怪的。就因为有前科的人出入法律事务所，就逮捕那里的律师吗？”

“事儿是那么回事儿，可是……”

“有异议？”

“那倒不是。”

“好了，上车。”

十津川先上了警车，吹田坐到他的旁边。警车开向了搜查总部。

十津川仰靠在座椅上说道：“这次的案子我有几点不明之处。”

“凶手一定是高田。”吹田说道。

“但是没有证据。”

“不在场证明一定会被推翻的。”吹田断言。

“但愿如此。”

“您认为高田不是凶手？”

“你不要用那种可怕的眼神看着我。”十津川说道，“我也觉得高田并非无罪。可如果他是凶手，有几处疑点弄不明白。”

“什么疑点？”

“你还记得我们为什么会盯上高田吗？”

“是根据青木记者的证言。”

“没错。假设高田是凶手，他为什么要把自己的真实姓名告诉青木呢？而且还告诉他自己的职业是律师。如果他不和青木打招呼，也不把自己的姓名告诉青木，就那样悄然销声匿迹，大概我们连个线索都抓不到。”

“我认为有两个理由。”吹田自信地看着十津川说道。

“你说说，让我听听。”

“第一，他原打算把青木记者从下行‘隼鸟号’上弄下来杀害他，所以放心地把自己的真实姓名和职业都告诉了青木。没承想出了差错，没能杀掉青木。您觉得这个理由怎么样？”

“第二个理由呢？”

“高田过分自信，这是自以为聪明的罪犯常有的特征。正因为他自信绝对不会出问题，所以才满不在乎地说出了自己的姓名，挑明了自己的身份。”

“分析得不错，不过太一般了。”

“此外还有其他什么理由吗？”吹田瞪大眼睛问道。

“说实话，我也弄不明白。”十津川回答道，“的确，高田是个充满自信的人，但他也有冷静的一面，他在采取行动时会精心策划。而且，青木记者也没有被杀呀。”

“可是……”

“好了。你明天早一点儿去一趟九州。”

“去核实高田的不在场证据？”

“对。你给我好好查一查。”

6

第二天，吹田从羽田机场飞往九州。这位年轻的警部补雄心勃勃，正因为如此，他对十津川的过分谨慎有些不满。他想，高田一定是凶手，迅速逮捕他这件案子不就了结了吗?

吹田先来到西鹿儿岛车站前的中央酒店。

这是一幢八层楼的新建酒店。走进大厅，一群外国游客模样的人正在前台办理入住手续。

吹田等他们坐上电梯上楼后来到了前台。

他先让接待员给他看了 3 月 28 日的住宿卡，也就是住宿的客人自己填写的那种卡。

他马上找到了高田律师的住宿卡，所写的住址、电话号码都是真实的。上写着，住宿天数一天，29 日出发。

吹田从口袋里拿出一张高田手写的暑期问候明信片，这是他从高田的律师同行那里借来的。两者的笔迹极为相似，外行人也能一眼看出是出自同一人之手。

但吹田觉得，仅凭这一点不能完全证明高田在 28 日住过这家酒店。

因为高田可以在 3 月 28 日前把这张住宿卡弄到手，填上内容后让别人拿着它前来这家酒店。这种可能性也要充分考虑。如果前台挤满了客人，接待员也不会逐一仔细查看客人填写的住宿卡，而且放在那里的备用圆珠笔也是哪儿都可以买得到的大路货。

吹田问一位三十二三岁的前台接待员："这位叫高田悠一的客人，你还记得吗？"

"记得。"

“那你看看这里面有没有他。”

吹田把事先准备好的三张照片摆在前台上让接待员辨认，其中的两张是警察的。接待员从中很轻易地就把高田的照片挑了出来。

“28 日的客人不多吗？”

“很多，八成以上房间都有客人入住。”

“那你为什么还能记住这位客人？”

“那一天，正好有一对年轻的法国夫妇前来住宿。他们两个说不好英语，而我们又不懂法语，正在为难的时候，高田先生来了。他给我们当翻译帮了大忙，所以记得很清楚。”

“你还记得，他是大约几点到酒店的吗？”

“我记得是晚上 7 点以后。那时，我吃完晚饭刚接班。”

“从车站到酒店要多长时间？”

“步行的话，也就三四分钟。”

（这就奇怪了。）

吹田的脑海里浮现出蓝色列车的时刻表。

他记得，下行“隼鸟号”到达西鹿儿岛的时间是下午 2 点 42 分。如果下车后马上来这家酒店，应该在下午 3 点前后办理入住手续。可他过了晚上 7 点才来，到底是为什么呢？

他是不是下车后在鹿儿岛市内逛了逛，吃完晚饭后来到酒店的呢？

不，这种可能性不大。他从东京上车，在列车上摇晃了十八个多小时才来到这里，最想做的一件事应该是躺在平稳的床上休息一下。

（如果他不是乘坐“隼鸟号”而是乘坐“富士号”来的呢……）

“富士号”到达西鹿儿岛站的时间是晚上6点24分。如果在车站附近吃完晚饭马上前来酒店办理入住手续，时间正好是接待员所说的晚上7点左右。

《新时代周刊》的青木记者说，有人将他从“隼鸟号”弄下来搬到了晚一小时十五分开来的“富士号”上。如果那个人是高田的话，时间恰好一致。

吹田莞尔一笑，可又马上变得愁眉苦脸。因为他注意到，如果高田把青木记者从“隼鸟号”弄下来移到“富士号”之后来西鹿儿岛的假设成立，那么高田在途中返回东京把被害人抛入多摩川的这条线索就会中断。

“我想借用一下这张住宿卡。”

吹田向接待员借了高田的住宿卡片放进口袋里，走出了中央酒店。根据接待员的话来判断，住酒店的一定是高田。找专家鉴定笔迹也只是为了以防万一。

吹田在酒店附近的饭店里吃过午饭，便前往西鹿儿岛车站。不愧为南方之地鹿儿岛的西大门，车站虽然不大却很敞亮。

吹田见到站长，请站长给他看了3月28日“隼鸟号”和“富士号”到达时回收的车票。

吹田先看了一下“隼鸟号”单间卧铺车厢的票。除青木记者乘坐的7号包厢的车票外，其他1到14号包厢的车票都已收齐。青木记者是在半路上被人弄下车的，西鹿儿岛站没有他的车票也不足为怪。

问题是8号包厢的车票，显然有人用这张票出了西鹿儿岛站的出站口。

乘务员和高田律师都说，那是一位年轻漂亮、穿着浅褐色大衣的女子。可是，如果多摩川里的溺尸是“隼鸟号”上的那个女子，那么在西鹿儿岛站下车的就应该是她的替身，车票也是抢来的。

吹田接着又看了看下行“富士号”单间卧铺车厢的车票，唯独也是缺7号包厢的车票。这张从东京到西鹿儿岛的车票，应该是在发车的前五天被人买走的。这张车票没有被西鹿儿岛站回收，说明购票人虽然买了票但没有乘坐“富士号”，或者是在中途下了车。

青木记者说，他醒来时已经在“富士号”的7号包厢。凶手若想这么做，“富士号”的7号包厢必须是空的。凶手是不是事先买好了“富士号”7号包厢的车票，空出了这间包厢呢？

吹田觉得，自己似乎正在一片一片地拼接拼图。但奇怪的是，他丝毫没有接近案件核心的感觉。

吹田乘坐下午3点16分西鹿儿岛始发的“锦江6号”快车前往宫崎。

接近晚6点，吹田到达宫崎，开始寻找高田所说的宫崎第一酒店。

酒店就在离车站步行大约十五六分钟的地方，是一家十层楼高的大酒店。

与在鹿儿岛中央酒店一样，吹田在酒店的前台问了相同的问题。

住宿卡上写的住址、姓名、电话号码，都是高田的笔迹。酒店大厅的一隅有个酒吧，那里的调酒师记得高田。他说，高田在酒吧坐了大约两个小时，跟他谈了很多有关律师的生活。

“他是一位很健谈的客人。”中年调酒师说着，马上从照片里认出了高田。

吹田决定今天先住在这家酒店，便订了一间单人房间。一进屋，他便给东京搜查总部打了电话。

“是十津川警部吗？3月28日和29日，高田确实住在鹿儿岛和宫崎的酒店。”

“果然不出所料。”电话那边十津川点头说道。

“不出所料？您早已预料到了？”

吹田拿着听筒，皱起了眉头。因为他觉得，既然高田是凶手，他在鹿儿岛和宫崎的所有不在场证明只能是伪造的。

“当高田说到在九州住宿时，充满了自信。所以我就想，从28日那天开始，他的确住在了那儿。”

“那您为什么还要把我派到九州？”

“你先别生气。”

“我没生气。”

“那就好。我只是想让你确认一下而已。”

“有人买了3月27日下行‘富士号’单间卧铺7号包厢的票，是东京到西鹿儿岛的，可西鹿儿岛站没有回收过这张票。”

“这事有点儿意思。”

“青木记者喝了被人投了安眠药的酒睡着后，有人把他从‘隼鸟号’搬下来，再移到‘富士号’上相同的7号包厢，这个谜终于解开了。凶手知道‘富士号’的7号包厢是空着的，所以放心地把青木搬了进去。”

“青木记者说过，他是在冈山站被人从‘隼鸟号’上弄下来移到‘富士号’上的。”

“可是，冈山站只是中间站停车，车厢门是不打开的。从‘隼鸟号’下车时可以求乘务员打开车门，可登上‘富士号’又是怎么做到的呢？”

“当然也是求乘务员打开的门。”

“真希望得到那位乘务员的证言。”

“我也在这么想，可这个证言已经无法得到了。那趟‘富士号’上四个乘务员中的一个，三天前已经死了。青木把此事告诉我们以后我去查了一下，的确是事实。可能就是那位乘务员让他们上的车。”

“是被人杀害的吗？”

“喝醉了酒，夜里掉进隅田川里淹死的。没有任何他杀的证据。”

“可是……”

“我知道你想说什么。但我刚才说过，没有他杀的证据。”

“明白了。别府的酒店怎么办？还查吗？”

“不用了，高田肯定住过。你还是到博多乘务段问一问冈山站那件事，应该有一个曾打开‘隼鸟号’的车厢门帮助凶手和青木记者下车的乘务员。”

“武田大臣的那件事查得怎么样了？还是乘坐蓝色列车来九州吗？鹿儿岛的大街上已经立起了欢迎他的彩门楼。”

“据说，已决定乘坐明天的下行‘隼鸟号’了。大臣和随员将使用单间卧铺车厢的 1 号到 5 号包厢。”

第六章

五小时之谜

五時間の謎

1

不愧为运输大臣，明日乘坐国铁（蓝色列车）荣归故里

晚报以这样的标题报道了武田前往鹿儿岛的消息，同时还刊登了武田的谈话。武田说，乘坐夜行列车是他孩提时代就有的梦想，当年第一次来东京乘坐的就是夜行列车。

十津川放下报纸，环顾了一下在场的刑警，说道：“我想，尽可能在明天下午 4 点 45 分之前，也就是在下行‘隼鸟号’开出东京站之前，侦破这个案子。”

“您认为，蓝色列车上还会发生什么事件吗？”戴眼镜的刑警樱井看着十津川问道。

“不知道，但我要消除令人担忧的隐患。”

十津川无法确定会发生什么事。因为自 3 月 27 日以来，下行“隼鸟号”每天都在下午 4 点 45 分从东京站出发前往西鹿儿岛，一直平安无事。不仅如此，就连 3 月 27 日的“隼鸟号”也

被视为没发生任何事情。

可是，十津川仍然放心不下。更何况，明天运输大臣还要乘坐那趟蓝色列车前往西鹿儿岛。

十津川对部下们说："我们就按多摩川的溺尸田久保凉子乘坐过下行'隼鸟号'这条线索展开推理。"

"问题在于，乘坐了'隼鸟号'的田久保凉子，能不能在28日上午11点以溺尸的状态漂浮在多摩川上。"樱井忽闪着眼镜后面的双眼说道。

"的确如此。青木记者做证说，到三宫站为止该女子还在8号包厢。'隼鸟号'从三宫站发车是在28日的午夜0点36分，田久保凉子就是在此后被人从列车上搬下来，运到多摩川抛进河里的。"

说完，十津川在黑板上写下了"隼鸟号"驶出三宫后的列车时刻。

"隼鸟号"时刻表

三　宫	0：36
冈　山（中间站停车）	2：25
系　崎	3：35
广　岛	4：41
岩　国	5：19

小　郡	6:51
厚　狭	7:22
下　关	7:54
门　司	8:06
博　多	9:10
鸟　栖	9:37
久留米	9:47
大牟田	10:16
熊　本	10:58

此后，列车还要在八代、水俣站停车，但由于都是在上午11点之后，所以与案件没有关系。

“其中，在冈山站只有青木记者和另外一个男子下车，所以田久保凉子被人弄下车应该是过了冈山之后。我们先从系崎着手。”

“系崎没有机场，如果在那里把她弄下车，只能用汽车搬运了。”小个子刑警日下看着黑板说道。

“从系崎到东京有多少公里？”

“约八百二十公里。”

“用七个半小时能跑八百二十公里吗？”

“以一百多公里的时速飞奔七个半小时，不大可能。”

“那我们暂且不考虑。下面看看广岛，这儿有机场。”

"我记得有全日空的航班。"樱井拿起时刻表翻看着，突然眼前一亮，"有一趟航班正合适。从广岛到羽田机场一天共有六次航班，最早的航班是上午 7 点 50 分从广岛起飞，10 点 10 分到达羽田。"

"如果是这趟航班，凌晨 4 点 41 分就可以在广岛将该女子搬下'隼鸟号'，搭乘三个小时以后 7 点 50 分起飞的全日空航班。10 点 10 分到达羽田后，再用车搬运到多摩川抛进河里。从羽田机场到发现尸体的现场只有二三十分钟的车程，完全来得及。"

"可是，警部。"日下歪着头有些不解地看了一下十津川。

"有问题吗？"

"田久保凉子的推定死亡时间是 28 日的凌晨 2 点到 3 点之间吧？"

"是啊。可能是用包厢里洗脸池的水把她呛死的。"

"那样的话，到广岛时该女子已经死亡。在后半夜把她从列车上搬下来，出站时谎称身体不适倒也可以蒙混过关，可是到了飞机上能不引起怀疑吗？"

"给全日空挂个电话，询问一下。"

听到十津川的话，刑警泽木马上给全日空挂电话开始询问。

"下一站是岩国，5 点 19 分到站。"

"从岩国到东京约有九百四十公里。"樱井说道，"而且，离 11 点仅剩五个半小时。用车运的话，时速差不多要二百公里，总之是不可能的。”

“那也未必。”十津川说道。

“可是，用车运送的话……”

“用飞机呀。”

“岩国有美军基地，但没有民航班机。”

“这我知道。用车送到大阪，然后从大阪坐飞机不就可以了吗？这跟刚才说的系崎的情况一样。”

“的确是那样。”樱井点点头，看着时刻表说道，“从大阪到东京，有全日空和日航[①]的班机。上午 11 点之前到达羽田机场的有 7 点 25 分和 9 点 10 分起飞的日航、7 点 45 分和 9 点 45 分起飞的全日空，它们分别在 8 点 25 分、10 点 10 分、8 点 45 分、10 点 45 分到达羽田机场。”

“从岩国到大阪有多远？”

“约四百公里。”

“这样的话，就要以一百公里的时速跑四个小时。列车到达岩国是 5 点 19 分，7 点 45 分在大阪起飞的全日空是赶不上了。紧赶慢赶，也许能赶上 9 点 45 分的航班，还是从系崎出发时间比较充裕。这也要向大阪机场询问一下。”

“驱车到大阪有可能赶上飞机的，岩国是最后一站了。”樱井说道，“以后的小郡、下关、门司站，停车时间晚，而且距

① 日航，即日本航空。

离大阪越来越远，无论如何也赶不上飞机。如果驱车前往东京，所需的时间就会更长。”

“博多怎么样？它离福冈机场近，能不能像在广岛一样，乘坐直通东京的航班？”

“福冈到东京之间有全日空、日航、东亚国内航空这三家航空公司的航班。‘隼鸟号’到达博多是9点10分，需要乘坐这个时间点以后起飞的航班……”说着，樱井又看了一下时刻表，“最接近的是日航班机，10点10分从福冈起飞。不过，这个航班到达羽田机场是11点30分，时间对不上。”

“这样一来，在博多下车是来不及了。”

“的确如此。”

“好，你们重点查一下大阪和广岛两个机场。”

十津川发出指示时，他身旁的电话响了起来。

2

十津川拿起电话。

“是我呀。”

原来是刑事鉴定课的新田技师打来的电话。留着山羊胡子的新田打电话时总是先说“是我呀”。

“我想跟你说说多摩川那个死者的事。”

“啊，怎么了？”

“上次我曾说过，解剖结果表明，推定死亡时间是凌晨2点到3点之间。”

“是啊。可我们想知道的是，尸体在水里泡了多长时间，所以才求你帮忙。我们觉得她是在蓝色列车上被人溺死后，有人将其尸体运到多摩川抛进河里，所以想知道把尸体抛入河里的时间。”

“你让我鉴定这么奇怪的事，当时弄得我都无语了。”

话筒里传来了新田的笑声。看样子心情不错，可能是有了结果。

“有结果了？”

“在科学搜查研究所的帮助下，总算得出了结果。尸体送来时，衣服已经吸收了大量的水。好在我们当时把躯体连同衣服一起称重，记下了总重量。后来，我们把衣服完全晾干后，又把这些衣服连同尸体一起浸泡在水槽里，直到与当初的总重量完全相同为止。”

“用了多长时间？”

“你们希望时间长还是短？”

“越短越好。”

十津川如实作答。如果被害人田久保凉子乘坐了下行“隼鸟号”，那么凶手是在过了三宫以后把她弄下车，搬运到多摩川抛进河里的。所以要假定尸体刚抛进河里就被人发现，否则时间对不上。

“是不是时间越短，就越有可能揭穿罪犯的不在场证明啊？”

“是啊。我想，应该在一个小时之内，不然时间就对不上了。”

“那可就不好办了。”

“你说什么？”

“实验结果表明，至少也要五个小时。”

“这怎么可能……”十津川一时语塞，他觉得这不可能。

“喂，你怎么了？”新田大声问道。

“这个实验不会有错吧？”

“不会。五个小时这条线索是可信的。”

“五个小时……”

如果是五个小时，就说明早晨6点前就已经将尸体抛进了多摩川。

在日本国内，不可能有早晨6点之前起飞的飞机。

挂断电话，十津川对正在与航空公司以及广岛、大阪机场联系的刑警们大声喊道：“大家都停下来！”

刑警们放下手中的电话，吃惊地望着十津川。

十津川再次把刑警们召集到了一起。

“刑事鉴定课和科学搜查研究所合作进行的实验表明，被害人在早晨6点前就已经被抛入河中。如果这个时间尸体已经漂浮在多摩川，用飞机搬运尸体这条线索就要全部推翻，因为国内没有 6 点前起飞的航班。”

“用车搬运就更来不及了。即便是最近的系崎，到站时间也在凌晨 3 点 35 分，距离 6 点只有两小时二十五分。从系崎到东京的距离是八百二十公里，没有任何车辆能用两小时二十五分跑完这段路程。”樱井很沮丧地说道。

“系崎以后，就更不可能了。”说着，日下耸了耸肩。

“刑事鉴定课的实验不能有错吧？”樱井自然而然地提出了质疑。

“他们说不会有错。而且说的是抛进河里的时间最晚不会超过早晨 6 点，就是说，也有可能是早晨 5 点。”

“这样一来，会得出什么结论？”樱井有些困惑地望着十津川。

“不知道，但我们只能相信实验结果。”

“田久保凉子是不是没有乘坐蓝色列车？”年轻的刑警日下眨着眼睛问十津川。

“不可能，田久保凉子一定乘坐了下行‘隼鸟号’。”十津川的声音似乎带着怒气。不正是因为田久保凉子乘坐了蓝色列车，才发生了后来的一系列事件吗？

“如果是这样，会不会是青木记者弄错了？”樱井向上推了推眼镜，望着十津川。

“你指的是什么？”

“我是说，青木认为车到三宫时他看到田久保凉子还在‘隼鸟号’上，他能不能是弄错了？”

“你是怀疑，在此之前田久保凉子就已经被人从‘隼鸟号’上搬了下去？”

“是的。比如，列车到大阪的时间是0点08分，如果凶手在那里把她搬下来，到6点还有六个小时，开车走东名、名神高速公路[①]完全来得及。”

“的确如此，说得没错。”十津川先是点头，但随即又反驳道，“不对呀。”

“不对吗？”

“假设，车到三宫前凶手就已经把田久保凉子弄下‘隼鸟号’运往东京，那为什么凶手还要给青木喝安眠药，把他移到‘富士号’上，还把他打昏抛弃在门司站的站台上，这有必要吗？还有一点不要忘了，被害人的推定死亡时间是凌晨2点到3点之间，而且，她是在自来水中溺死的。‘隼鸟号’到达三宫站是0点36分，若按你的思路，被害人应该是活着被弄下车的。然后凶手用汽车经高速公路将她运往东京，并在途中将其溺死。既不是刺死，也不是绞杀，而是将其溺死，这又怎么解释？凶手不至于事先在车里准备好装满水的大洗脸盆吧？”

樱井被十津川问得哑口无言。

---

① 东名、名神高速公路，指连接了东京与名古屋、名古屋与神户的高速公路。

“我想问一个比较单纯的问题，可以吗？”年轻的日下谨慎地向十津川说道。

“什么问题？”

“凶手为什么要把田久保凉子从蓝色列车弄下来，特意搬运到多摩川抛入河里呢？”

3

“这个问题提得好。”十津川说道。

日下的眼神里充满了喜悦，一个年轻的刑警能得到十津川的赞赏心里自然会高兴。

十津川点上了一支烟。

“我也有过相同的疑问，现在仍然有。最简单的答案是，凶手也乘坐了同一趟列车，如果尸体在车上被发现，无论怎样他都会受到怀疑。所以，凶手要特意将尸体运到多摩川抛进河里。这样一来，谁也不会怀疑死者曾经坐过蓝色列车，乘坐那趟车的凶手也就不会受怀疑。”

“的确如此。”

“不过，日下君，我对这一解释并不满意。”

“为什么？这个答案我完全能接受。”

“首先，过于简单。”

“简单？”

“罪犯为了这次的行动，给青木记者下了安眠药，又把他从‘隼鸟号’弄下来搬到‘富士号’上。为此，他们还特意买了‘富士号’单间卧铺的车票，而且好像还没用上。他们还找了一个与田久保凉子身材相仿的替身，让她带上死者的车票在西鹿儿岛站下车。我想，他们之所以如此不厌其烦，必有更大的阴谋。”

“有什么更大的阴谋？”

“要是知道他们的阴谋，我们也许就要改变破案的策略了。”十津川摇了摇头，但他并没有因遇到阻碍而一筹莫展，“樱井君和日下君，你们再去查一查高田律师周围的情况，还要监视他的行动。”

“您还是认为他是凶手？”樱井问道。

“除了他还能有谁？”十津川语气很坚定，“高田认识被害人，而且最初高田还隐瞒了这件事。”

“明白了。”

樱井催促着日下，走出了屋子。

接着，十津川还叫了另外两位刑警。

“泽木君、井上君，你们去查一下落水身亡的‘富士号’乘务员北原的情况。特别要查一查他和高田有没有关系，有关系的话又是什么样的关系。”

“您认为，这个乘务员也是高田杀的吗？”

“就目前状况而言，还能有别人吗？”十津川又一次反问道。

4

一天过去了，案件毫无进展。

4 月 3 日，一清早就是一个大晴天，毫无下雨的征兆。而这一天正是武田运输大臣乘坐蓝色列车前往鹿儿岛的日子。

樱井和日下两位刑警，仍然紧盯着银座的高田法律事务所，但高田仍然没有任何动静。

“为什么高田按兵不动？”

十津川似乎有些着急，在屋里来回踱着步。

“您在担心什么？”吹田问。

“我在担心高田的事。”

“您认为他会采取某种行动？”

“是啊，我担心的就是这个。田久保凉子的案子，早晚会查出高田就是凶手。问题是，在此之前高田可能会采取新的行动。不，可能已经开始行动了。”

“什么样的行动？”

“我要是知道，早就采取对策了，何必这样担心。”

“您既然如此担心，就把高田揪过来再审讯一次怎么样？我们不能找个借口逮捕他吗？”

“以什么理由逮捕他？”

“违章停车什么的，编个理由就行了。人活在世上，哪有不违规的。”吹田满不在乎地说着。

十津川想，他这个人完全有可能随便给高田加一个罪名，然后以嫌疑人的身份把他抓过来。也许，这位精明的警部补平时办案采取的就是这种方式。

“我可不赞赏你这种做法。”十津川冷冷地说道。

不出所料，吹田不满地噘着嘴说：“这样做不行吗？”

“不行。我想找到确切的证据之后再逮捕他，不想使用这种手段。”

“我并不觉得利用其他罪名逮捕他有什么不合适的。采取一切手段拘捕那些可能要作案的危险分子，不是更有利于社会安全吗？而且，以其他罪名逮捕后，在审讯过程中也有可能供出本案。”

“看来，这方面你很有经验。”

“有过成功案例。”

“你给我听好了，这个案子只要是我指挥，决不会采取你刚才所说的那种手段。”

十津川的语气很坚定。他并不是以正义者自居，只是讨厌那种耍小聪明的做法。

吹田还想说什么，电话铃响了。

十津川伸手拿起了话筒。

“我是樱井。”电话那边传来了樱井的声音。

“高田出动了，他现在来到了东京站。”

“东京站？”十津川看了一下手表，马上要到下午2点40分了，“离蓝色列车发车还早着呢。”

“高田应该是乘坐下午3点开往博多的‘光11号’列车，他正在15号站台等车开过来。”

“他要去哪儿？”

“他买的是到新大阪[①]的头等座。”

“原来是去大阪。高田去大阪做什么？”

“不知道。怎么办，跟踪到新大阪吗？”

“除了你还有谁在那儿？”

“日下。”

“好，你一个人跟踪高田去新大阪。告诉日下君，让他回到高田法律事务所，问一问高田去大阪做什么。”

“明白了。”

“高田有同行者吗？”

“目前好像没有。”

放下电话，十津川的目光里流露出兴奋。

高田要开始行动了。

（可他要去大阪做什么呢？）

---

① 新大阪，位于大阪市区北部，新干线在此设有新大阪站。

5

下午3点过后，前往银座高田法律事务所的日下来了电话。

“据事务所的人说，高田去大阪是为了与大学时代的一位朋友商量一桩刑事案件。”

“确认对方的名字了吗？”

“确认了。名字叫畑中浩一，在大阪东区经营一家珠宝店。我打电话问了一下，的确有这回事。由于他弟弟卷入了一件伤害案，所以三天前他给高田打电话，想找高田商量一下。”

“是吗？辛苦了，你回来吧。”十津川说道。

高田去见他的朋友畑中大概是事实。高田是一个聪明人，他知道自己一有行动警察就会来查，谎言马上就会被揭穿，所以不会跟事务所的人说假话。

但是，十津川并不认为高田仅仅是为了这件事坐新干线去大阪。

十津川觉得，杀害田久保凉子不是高田的真正目的，而是为他要采取的某一行动做准备——高田要干一件大事。

十津川现在最担心的是今天要乘蓝色列车荣归故里的武田运输大臣。

警方在被害人田久保凉子的手提包里，发现了一张武田运输大臣的名片。这张名片与两年前五亿日元诈骗案中罪犯所使用的名片完全相同。而且，就在今天，就是这位武田信太郎，要乘坐相同的下行“隼鸟号”，前往相同的目的地西鹿儿岛。

难道这是偶然的吗？

十津川一直担心高田今天是否会乘坐下行“隼鸟号”。所以，当樱井来电话说高田来到东京车站时，他还以为高田是要乘坐下行“隼鸟号”，并没有料到高田要坐的是新干线。

（高田是想从大阪乘坐下行“隼鸟号”吗？）

十津川打开了时刻表。

下午3点东京始发的“光11号”到达新大阪的时间是晚上6点10分，而下行“隼鸟号”到达大阪是在午夜0点08分，相隔六个小时。高田在大阪见完朋友后，还有足够的时间，可以不慌不忙地去乘坐下行“隼鸟号”。

可是，假设高田在大阪乘坐下行“隼鸟号”，其目的又是什么呢？

能与武田信太郎有关吗？如果有关，高田和武田信太郎之间又是什么关系呢？

“龟井君。”十津川喊道。

正在打电话的龟井回头望着十津川问：“您有什么吩咐？”

“武田运输大臣的行程有没有变更？”

“现在已经过了下午3点08分，到目前还没有……”龟井看了一下手表回答，“根据他的秘书官提供的行程，这个时间武田马上要从本乡的私宅出发了。下午4点到达东京站，并在站长室休息到下午4点30分，然后登上下行‘隼鸟号’。”

“有两个警卫？”

“他们一行共五人。有大臣、秘书官、女秘书，还有两个安全警卫。”

“记者也同行吗？”

“应该同行吧。不过，报社可能订不到单间卧铺票。单间卧铺只有十四个包厢，提前一周开始预订，几乎每次都是满员。”

“最好能知道其他九间包厢的乘客都是什么人。”

“那可做不到。”

“我想也是。大臣和高田律师之间有没有什么关系？”

“现在还不清楚。不过，相识的可能性很大。高田有很大的权力欲，对政治感兴趣，在某个集会上经人介绍与武田信太郎见面完全是有可能的。”

“如果武田信太郎是法务大臣的话，由于工作关系倒有可能与高田律师有某种联系。”

“您等一下。”龟井急忙拿出记事本翻看，“武田三年前曾在众议院担任过法务委员会委员，任期一年半。”

“这下事情变得有意思了。”

“还有，武田当时还是刑法研究会的成员。这是一个以研究日本刑法为目的的财团法人。”

“成员构成呢？”

“整体上是由有识之士构成。也有一些政治家、财界人士、检察官还有律师也曾经以个人名义成为研究会的会员。”

“‘曾经’是什么意思？”

“由于研究会发表的《刑法修正试行草案》过于保守，遭到改革派议员们的强烈反对，这个研究会只好解散了。”

“如果高田律师曾经也是会员，自然就会认识武田信太郎。”

“我去查一下。”

“立刻去查，拜托了。”

十津川的语气很坚定。

6

青木正在写稿子，“啪”的一声，总编宫下把一张车票扔到他面前。

“你拿着它马上去东京站。现在出发，完全能赶上下行‘隼鸟号’。”

“我不想再坐了。”青木摆了摆手，流露出厌烦的表情，“我已经坐了两次蓝色列车，足够了。再说，稿子已经交上去了。我更想写的是杀人案与蓝色列车的关系。”

“今天，运输大臣要乘下行‘隼鸟号’前往鹿儿岛荣归故里，我想让你去采访他。”

“可是，蓝色列车上的女子死在多摩川的那起杀人案，写出来会更有意思。”

“连凶手是谁都不知道的报道，怎么会有意思？”宫下带着训斥的口吻说道。

“凶手多半是那个叫高田的律师。”

“有关谋杀案的报道，能写凶手大概是谁吗？再说，对方是律师，没有证据就说人家是凶手，会带来很大的麻烦。你还是去采访运输大臣荣归故里的事吧。”

“这也不是单间卧铺的车票啊。”

“这次没弄到，你委屈一下坐二等卧铺吧。”

宫下拍了拍青木的肩膀，青木无奈地站起身来。

写大臣荣归故里的报道毫无趣味可言，可这是工作，不得不去。

青木是单身，他总是把洗漱用具装入波士顿包，放在公司的更衣柜里，以便随时出差。青木到财务室领了住宿费和返程机票费，拎着波士顿包走出了《新时代周刊》杂志社。

青木来到东京站，走上 13 号站台。站台上，今天也有很多手持相机和八毫米摄影机的少年，但也看到与前些天稍有不同的情景。站台各处都有警察把守，还有一群一看就知道是新闻记者的人聚集在单间卧铺车厢附近，等待着武田运输大臣的到来。

下午 4 时 30 分，蓝色列车“樱花号”从相邻的 12 号站台发车了。

此后，武田在站长的引领下走向台阶，十五六个人围在他们的周围。

在站台上等待武田的记者和摄影师们一齐朝他按起了快门。站台上，相机的快门声和闪光灯的光亮交织在一起，足足持续了两三分钟。

青木也跟着拍了几张照片。可那些来拍照蓝色列车的孩子们却一脸懵懂，呆呆地站在那儿望着武田，不知他是何方神圣。

“来了这么多孩子啊，跟传说的一样嘛。”武田微笑着说道，不知是说给站长，还是围着他的记者。武田身材高大，声音也洪亮。

“托您的福，蓝色列车非常受欢迎。”站长颇为得意地说道。

有记者问：“您是第一位乘坐夜行列车荣归故里的大臣，您这么喜欢夜行列车吗？”

录像机开始转动，多支话筒伸到了武田的眼前。凭这些就已证明，武田乘坐蓝色列车荣归故里的表演已达到了宣传效果。

武田兴致很高。

“飞机、新干线我已坐过多次，所以很想坐一次蓝色列车。这次我如愿以偿，真是喜不自胜啊。”

“能不能让我们拍一张您在单人包厢的照片？”

听到一位摄影师提出的要求，武田爽快地登上了单间卧铺车厢。

武田坐的是3号包厢。

武田进入包厢环视了一下说道："似乎窄了点儿。"

他又掀开桌盖儿看了看："不过空间利用率高，功能齐全。"

一个记者问："您有没有为新婚夫妇增设双人包厢的想法？"

"我跟国铁总裁说说看。如果增设了情侣包间，年轻人会乘坐蓝色列车度蜜月吗？"

"一定会的。这样旅行，连住宿费都省了。"

"没错，哈哈哈哈。"

武田晃动着高大的身躯豪爽地笑着。不过也有人说，他貌似豪爽，其实谨小慎微。

发车的铃声响起，记者和摄影师们几乎都撤回到站台上，留在车内的不足十人。

武田站在过道上，隔着宽大的窗户向送行的站长等人挥手致意。

下行"隼鸟号"沐浴着明媚的阳光，缓缓驶出了13号站台。

留在列车上的记者和摄影师们，也都撤回到他们自己的二等卧铺车厢。因为武田和他们约定，晚上7点餐车相见。

青木来到7号车厢，暂时坐在了下铺。他的席位在上铺，虽然上下不方便，但与下铺相比，可以少受过道的脚步声和说话声的打扰。

猜想下铺乘客是个什么样的人，也是坐双层卧铺的乐趣之一。

列车开出东京站五六分钟后，一个二十五六岁的女子边看着车票边走过来坐到青木旁边。

看样子她是下铺的乘客，长得很漂亮。青木的心情陡然愉悦起来。

“你去哪儿？”

说完，青木想起3月27日“隼鸟号”上的那个女子，当时他也是这么问的。不管别人说什么，多摩川的溺尸一定是田久保凉子。

“我去西鹿儿岛。”女子微笑着答道，“您呢？”

“我也是到终点站西鹿儿岛。”

青木拿出一张名片递给了那个女子。总编曾告诫他不要轻易分发名片，可人的本性就是难改。

“您是《新世代周刊》的？”女子有些吃惊地望着青木。

“是的。不过，今天的工作有点儿俗套。”青木显得很得意。

“您说到工作我倒想起来了，这趟车上好像坐着大人物，我刚才在站台上看见很多相机的闪光灯在不停地闪。”

“运输大臣正乘坐这趟蓝色列车回他的故乡鹿儿岛。”

“噢！”

“为了采访，我也一同去鹿儿岛。能告诉我你的名字吗？”

“我叫八木美也子，请多关照。”说完，女子扑哧一声笑了。

“你笑什么？”

“我曾经为了进杂志社工作，还参加过《新时代周刊》的录用考试呢。一想到这么巧，心里觉得怪怪的，所以就……”

“真是没想到。考试结果如何？”

“彻底落第。”

“考官真没有眼光。你当时要是被录取了，说不定咱们会同乘这趟车一起采访呢。”

“您要采访运输大臣怎么坐在这儿？”

“大臣的谈话已经弄到手了。等到晚上7点，到餐车给大臣拍张照片就完事了。”

“大臣要去餐车用餐？”

“装装样子而已。”青木笑了，“叫个大臣谁都会装出一副与老百姓同甘共苦的样子，餐车的伙食不可能合他的口味。”

“那，7点我也想到餐车去看一看这位大臣的尊容。”

“咱们一起去吧。”

青木邀请女子一同前往。采访大臣令他心烦，可一想到能够与该女子一起旅行，他的心情顿时愉悦起来。

青木不经意地朝女子的胸部瞄了一眼。白色毛衣下那对丰满的乳房随着呼吸一起一伏。包裹在白色喇叭裤里的双腿，修长而美丽。

这女子到底是什么人呢？

7

新干线上的樱井来了电话。

"现在列车刚刚从名古屋出发。"

电话里传来隆隆的背景声，淹没了樱井的声音，可能上行和下行列车正在错车。

"高田在干什么？"

"他在 12 号车厢，好像睡着了。刚才一直在看杂志。"

"听事务所的人说，高田是去见一个在大阪做珠宝生意的大学时代的朋友，名字叫畑中浩一。他弟弟卷入了一件伤害案，他想找高田商量此事。"

"高田真会去见他吗？"

"我想，他会见。高田做事很小心。他知道，如果他不去见那位朋友，就会引起警察的怀疑。问题是见面以后的行踪。十五分钟前，下行'隼鸟号'载着武田运输大臣一行从东京站出发了。到大阪是半夜 0 点 08 分，高田可能要上这趟车。"

"他为什么要上这趟车？"

"可能是因为上面坐着武田大臣，现在还想不出其他原因。"

"高田和大臣是什么关系？"

"正在调查中，马上就会知道。所以，你一定要紧紧盯住高田，尤其要注意他是否乘坐下行‘隼鸟号’。”

叮嘱完，十津川撂下电话，望了望窗外。

外面还朦朦胧胧地透着亮光。与发生案件那日相比，天似乎长了很多，这也促使十津川陷入轻度的焦虑之中。案件发生已近一周，但还是没找到高田杀害田久保凉子的证据。不仅如此，甚至连田久保凉子是否乘坐过下行“隼鸟号”也无法证明。

3月28日上午11时在多摩川发现的溺尸，至少在被发现前的五个小时就已浸泡在水里。如果这一时间上的壁垒不能突破，不仅难以断定高田是罪犯，甚至无法证明漂浮在多摩川的尸体就是下行“隼鸟号”上的女子。

十津川点上了一支烟。当他站到窗前吐出口中的烟雾时，龟井跑了进来。

“警部！”

一听到龟井响亮的声音，就知道他带来了好消息。

“高田真是刑法研究会的成员？”十津川问道。

“正是。这个研究会成立一年半就解散了，创立时高田就是成员。多数律师觉得这个研究会可能会把刑法改得越来越糟，所以对入会持消极态度，唯独高田积极加入其中。为此，他还遭受过批评。还有，武田和高田是校友。当然，他们年龄相差很多，读大学时不可能见过面。所以，他们二人的往来应该是从刑法研究会开始的。”

“就是说，高田和武田信太郎在研究会来往了一年半。或许，研究会解散后他们仍有来往。”

“可如果他们二人只是相识，也不应该构成什么问题呀。”

“当然，按道理是那样。不过，到目前为止，他们两人之间形成了如下的关系图：田久保凉子被人所杀，她的手提包里装着武田信太郎的名片，这个田久保凉子通过自杀的丈夫与高田联系在一起，而高田又通过刑法研究会与武田联系在了一起。”

“所以，您就把武田信太郎和被杀的田久保凉子联系在了一起？”

“是的。”

“但是，到目前为止，把他们二人联系在一起的只有武田信太郎的那张名片。”

“可问题是，那张名片与两年前那起五亿日元诈骗案中的名片是一样的。”

“的确如此，不过……”

“也许，这三个人是通过别的因素或其他人联系在了一起。”

“什么因素，什么人？”

“要是知道了这些，我们就能逮捕高田，也可以防止可能发生的下一个案件。”

“您说的下一个案件指的是什么？”

“我要是知道不就好了吗？”

十津川有些懊恼地使劲儿在烟灰缸里摁灭了烟头。

“下一步怎么办？”

“先吃晚饭吧，把肚子填饱发生什么事也不怕了。你说呢，龟井君？”

“不要紧吗？”

“什么不要紧？”

“我是说接下来可能发生的案件。我们还有闲工夫吃晚饭吗？”

“凭我的感觉，半夜0点之前不会发生什么事。”

8

晚饭吃得有些早，他们让附近的饭馆送来了盒饭，很像幕间便当。

龟井有边吃饭边看报纸的习惯，他顺手打开不知是谁放在桌上的旧报纸看了起来。突然，他“啊！”了一声。

“怎么了？”十津川问。

龟井把那张旧报纸拿到十津川的面前说：“您看这儿。”

龟井指向一个标题，上写着“胜浦[①]海上尸体挂网”。

今天早6时左右，在胜浦海上约三十公里处，渔

---

① 胜浦，位于千叶县，离东京都较近。

船“丰永丸”（十吨）的船长铃木晋吉（五十二岁）发现一具男尸挂在渔网上。尸体是用绳索层层捆绑后，系上重物沉入海底的。但由于海水侵蚀，绳索腐化，尸体上浮挂在渔网上。据警方调查，死者已死亡一年以上，因尸体腐烂容貌无法辨认。死者年龄三十岁左右，身高约一米七，西服上绣有字母“K·T”。警方正在加紧确认死者身份，同时将此作为杀人案开始展开调查。

“原印刷工高梨一彦名字的缩写就是K·T[①]呀。”十津川自言自语。

“是的。他身高也是一米七，两者相符。死亡一年以上这一条也令人关注，高梨就是在一年零七个月之前失踪的。”

“这是3月21日的报纸，是多摩川溺尸案发生之前。你向千叶县警察本部询问一下死者身份查明了没有。”

听到十津川的话，龟井拿起了电话。

十津川点上一支烟，等待着龟井打电话的结果。

如果这具尸体就是高梨一彦，案件就会有所进展。

过了十二三分钟，龟井打完电话走了回来。

---

① 高梨一彦名字的日语罗马字拼写是Takanashi Kazuhiko。按英文名字的习惯，缩写为K·T。

“很遗憾，他们说死者身份还没查清。”亀井看着记事本说道。

“这样一来，无法断定死者就是高梨一彦。”

“据说，有一个男子很热心地前来打听了尸体的事。嗯，他叫中村朗，三十九岁，是个青年实业家。他在东京都开了好几家餐厅，在胜浦附近还有一栋别墅。负责案件的刑警说，中村来警局时开着一辆通红的跑车，所以记得很清楚。”

“你说他叫中村朗？”

“是的。”

亀井点了点头，随后不由得“啊！”了一声。

“对啊，亀井君。”十津川兴奋得两眼发亮，“曾请高田辩护过的三十二人中就有这个名字。中村朗，三十九岁，有伤害罪前科。他经营一家叫‘蜗牛’的法国餐厅，除总店外还开了三家分店，开着红色路特斯精灵跑车到处兜风，在千叶有一栋别墅。完全相符。”

“没错，肯定是同一个人。”

“关于尸体中村朗都说了什么？”

“他问了好多问题，最后说了一句不认识就走了。”

“他在撒谎，尸体十有八九就是高梨一彦。”

“而且，我们是否可以认为，是中村朗杀人后把尸体沉到海里的？”

“或者说是高田指使他干的。”

“如果是这样，高田律师不就成了两年前五亿日元诈骗案的主犯了吗？”

“正是如此，只是现在还没有证据。”

“这下可以逮捕高田了吧？”龟井满怀信心地问道。

十津川苦笑了一下说：“龟井君，还没到那一步，没有证据啊。咱们先讯问一下中村朗吧。喂，井上君。”

十津川招呼留在屋里的刑警井上，让他找到中村朗后将其带到搜查总部。

9

目送井上飞奔而去后，龟井问十津川：“您认为，两年前五亿日元诈骗案中的名片，是山田印刷所的高梨多印了几张后带出来的吗？”

“恐怕是那样。”

“就是说，凶手利用完高梨就杀掉了他？”

“大概是这样，可问题是谁杀的。”

“能是高田律师吗？”

“如果是他就好办了，可现在没有任何证据。认为胜浦海里的尸体是高梨一彦，也只是我们的推测而已。”

“可是，如果假设是高田干的，不就完全吻合了吗？”

“什么吻合了？”

“两年前，高田想借武田信太郎之名诈骗一大笔钱。于是，他让山田印刷所的员工高梨一彦多印了几张武田信太郎的名片，从银行骗取了五亿日元。此后，他将知道内情的高梨杀害并沉入海底。但不清楚，是高田亲自动手还是指使中村干的。”

“这件事跟田久保凉子被杀有什么联系？”

“诈骗五亿日元涉及好几个人，前往银行提款的就有两个人，其中之一可能就是田久保凉子的丈夫。在成功骗取五亿日元以后，可能是由于分赃不均，他们之间起了内讧。田久保凉子的丈夫由于对此事感到恐慌，便选择了自杀。凉子决心回故乡，可心里还是恨高田。她回故乡时之所以拿着两年前那个案件中出现过的名片，是想以此来要挟高田。或许，就连田久保凉子丈夫的死也可能是被伪装成自杀的他杀。如果是这样，武田信太郎的名片对她来说就是自我保护的利器。高田觉得她的存在是一个危险，便把她杀了。”

“有点儿道理。”

“说得通吗？”

“很有意思。不过，龟井君，还有几个问题。”

“您是指，很难证明田久保凉子就是蓝色列车上的女子？”

“不是，这个问题不久就会得到证明。我是说两年前的五亿日元诈骗案。当时，高田已经有了自己的法律事务所，正是大力对外宣传的时候，怎么会进行诈骗呢？”

“可能当时需要一大笔资金吧。”

“这可能吗？”十津川歪着头，怀疑地看着龟井，“五亿日元是一笔巨款，如果两年前他拿到这笔巨款，必然会有某种变化。可据我们调查，他的生活没有发生任何大的改变。”

“也许他一直藏着没用。越是巨款，马上使用就越容易引起怀疑。”

“你是说，这笔钱高田还在某个地方藏着？”

“是的。”

“这样做与他的性格不符。高田权力欲很强，他不会为等待时机而坐等两年。如果他有五亿日元巨款，马上就会利用起来。”

“警部，那您是怎么想的？”

“在两年前进行的大选中，保守党获胜。据说，当初保守党做好了激战甚至是被逆转的准备，所以投入了巨额的竞选资金。不过，按惯例，正式公布的金额并不多。当时，武田信太郎在保守党干事长手下负责筹措资金。由于筹钱有功，所以这次才被任命为运输大臣，这就是所谓的论功行赏。”

“这些报纸上都刊登过，我也看了。”

“可问题是，两年前武田信太郎自己也要在家乡鹿儿岛参加竞选。他被保守党委以筹措资金的重任，很难离开东京，而且他的选区有一个在野党联合力荐的新候选人，是他强有力的竞选对手。就是说，武田是在身负双重重任挑战竞选。我记得，报纸上也预测，武田将面临一场鏖战。当时，武田说的一番话感动了众人。刚才看了一下报纸的缩印版，当时武田说：‘我恨不能现在立刻回家乡参加竞选，但我要为我们的党而战，我要留在东京。只要我们党能获胜，我个人即使竞选失败也在所不惜。’”

“的确，很令人感动。”亀井笑着说。

“越是这样的选举就越需要钱，可武田自己并没有钱。他家既不是财主，也没有开公司。我记得，他是一家和服店店主的长子，可和服店早已倒闭。虽然他担任法务委员一职，但法务委员会大概是议会中最没有特权的部门。而且，当时他也不是大臣的候选人，企业不会给他个人提供大量的政治献金。”

“这么说，五亿日元是武田……”

“也不是不可能。如果一个党提出要求，企业就会高兴地捐赠大量资金，武田在干事长手下筹款时就体会到了这一点。而他自己要在选举中获胜，也需要一大笔钱。而且，越是面临鏖战，所需的资金就越多，当时甚至流传着‘五亿当选，四亿落选’的传言。于是，武田向关系亲密的高田律师倾吐真心话，并求他助一臂之力。或许，武田承诺事成之后帮助高田步入政坛。由于是筹措竞选资金的负责人制订的计划，银行上当也并不意外。”

“这么说，武田把五亿日元全都用在了选举上？”

“我想，大部分用在了武田的选举上，少部分分给了参与计划的人。在一般情况下，使用五亿日元巨款很快就会引起人们的疑心，可这笔钱如果用在选举上，无论怎么花也不会引起怀疑。因为在人们的头脑里有一种观念，认为选举就是要烧钱的。”

“武田许诺给高田的承诺兑现了吗？”

“明天下午 2 点 42 分之前就知道了。”

“为什么是 2 点 42 分？”

“那是武田信太郎乘坐的下行‘隼鸟号’到达西鹿儿岛的时间。”

“您是说蓝色列车里会发生什么事？”

“但愿不要发生任何事件。”

十津川看了一眼手表：晚上 9 点 30 分。下行“隼鸟号”马上就要到达名古屋了。

十津川很想亲自乘坐下行“隼鸟号”看个究竟，可他作为负责人，不能轻易离开搜查总部。而且，还有樱井正在跟踪高田，只要高田登上下行“隼鸟号”，樱井就会尾随上车。

这时，井上来了电话。

“中村朗不见了。”

“不见了？怎么回事？”十津川大声问道。

“中村朗经营的四家法国料理店全都挂上了停业的牌子，上写着‘从 3 月 27 日开始，暂时停止营业’。”

“从 3 月 27 日开始？”

这不正是发生案件的下行“隼鸟号”从东京出发的日期吗?

“赤坂总店后面有中村朗的私宅，那里也没有他。”

“车呢? 那辆红色路特斯精灵跑车还在吗?”

“没在。私宅、店里都找不到。可能是中村朗开着它去哪儿了。”

到底去哪儿了呢? 他是不是要乘坐下行“隼鸟号”?

第七章

逮捕证

逮捕令状

1

晚上9点40分，下行“隼鸟号”按时从名古屋发车，在黑暗中向下一站岐阜疾驰。

此时，武田正在自己的包厢里。晚上7点，他曾前往餐车，在闪光灯的闪烁中微笑着把筷子伸向关门套餐，进行了一番表演。

武田把秘书官神谷叫过来，对到达鹿儿岛以后的工作下达着指示。他的表情又恢复到了往日的高傲自大、不苟言笑。

“到达西鹿儿岛时的欢迎仪式都安排妥了吗？”

“按计划，约有一百位市民将在站台上欢迎您。”神谷看着记事本回答道。

“一百人？太少了。”

“不过，市长、铁路管理局局长等有影响力的人物也计划前来迎接。”

“那是理所当然的，这又不是你的功劳。”

“对不起。还有，您曾就读过的T高中铜管乐队也将在欢迎仪式上进行演奏。”

“T高的铜管乐队也来呀？”

到此时，武田的脸上才露出点儿喜色，他是一个喜欢热闹的人。

“您将在车站里接受鹿儿岛小姐的献花，并做简短发言。”

“发言稿呢？”

“给您准备好了。”

神谷将装在信封里的稿子递了过去。

武田翻了翻五页发言稿，说道：“你到现在也不了解我这个人。”

“您说什么？”

“我是亲民的政治家，我要的是一份跟大叔、大妈谈话一样亲切的稿子。你写的这都是什么呀？你看看这个开头：‘鹿儿岛县的工业发展令人瞩目……’这种演讲谁听啊？马上给我重写。”

“明白了。”

“在鹿儿岛电视台和我对话的人确定好了吗？”

“我们找了您指定的人选。”

“记者们在干什么？”

“我已跟他们说好，到西鹿儿岛之前不接受采访。”

“是吗？那我可以稍微放松一下了。”武田大大地伸了个懒腰。

“您累了？”

“肩膀发僵，想让栗桥给我按摩一下。你告诉她，一会儿到我的包厢来。”

2

樱井这时正在大阪市的东区。

高田在一小时前走进畑中珠宝店还没有出来。

这是一幢三层高的小楼，一楼是珠宝店，二楼、三楼好像是住宅。

樱井走进正对面的一家咖啡馆，坐在靠窗的位置监视着珠宝店。

珠宝店里有三个店员，接待着三三两两的顾客。高田走到最里面，可能是上了二楼。

樱井看了一下手表：快到晚上 10 点了。按十津川警部所说，如果高田要在大阪乘坐下行“隼鸟号”，一小时之内就会出来。

女招待端来了咖啡。樱井从女招待那里得知，珠宝店营业到夜里 11 点，便点上一支烟望着对面。

时间在慢慢流逝。

珠宝店的一个店员走到外面叫住了一辆出租车。樱井以为是高田要的车，刚要起身，却发现一位中年妇女上了车。

又过了三十分钟，高田仍然没有出来。这时，珠宝店开始放下外面的卷帘门。

樱井有一种不祥的预感，便跑出咖啡馆，穿过马路来到珠宝店门前。

他问正在放卷帘门的男店员：“早些时候，有个叫高田的律师进店了吧？”

“您说的是老板的客人？”

“是的。他还在里面吗？我有急事找他。”

“他已经回去了。”

“回去了？从哪儿走的？”

“从后门出去的。”

“你这儿有后门？”

“很少用。他说有一个可怕的男子在跟踪他，就从后门出去了。”

“你知道去哪儿了吗？”

“不知道。”

（混蛋！）

樱井恨得直咬牙。看来，高田知道自己被跟踪。

既然高田已经逃掉，不能在这儿磨蹭了。樱井叫了一辆出租车，不顾一切直奔大阪车站。

来到车站，他往黄色电话里投进几枚一百日元硬币，拨通了东京搜查总部的电话。要向上司报告这种情况，难免要出一身冷汗。

“我被高田甩掉了，真对不起。”樱井向十津川报告。

“这可不像你的一贯表现呀。”十津川的语气很镇定。

“我以为，他即使从后门出来也会绕到前面，所以失算了。”

“你上他的当了。”

“什么？”

“我想，你在店门口打听他的时候，他还在店里。当你以为他从后门走脱，匆忙赶往大阪车站后，他才会不慌不忙地走出珠宝店。”

“这个混蛋！”

樱井非常懊悔，他觉得应该相信自己的眼睛。

“好了，没关系。”电话里十津川像是在安慰樱井，“反正高田会乘坐下行‘隼鸟号’，你也从大阪跟他同乘一趟车。”

“他要是不坐那趟车呢？”

“如果他不乘那趟车，就可以认为不会发生什么事了。那你就享受一下乘蓝色列车前往九州的旅行吧。”

“明白了。”

樱井撂下电话，抬头看了看站内的时钟，离下行“隼鸟号”到达还有一个多小时。他来到售票窗口，买了下行“隼鸟号”的特快二等卧铺票。

高田真会乘坐下行“隼鸟号”吗？

3

晚上10点05分，正是下行“隼鸟号”从岐阜发车的时刻。

十津川看了一下写在黑板上的下行“隼鸟号”时刻表，又看了看挂在墙上的电子钟。自己未在车上，只能在这里干等着，这令他焦躁不安。

高田可能会在大阪登上这趟车，他的举动可以由樱井监视，可问题是高田同伙们的举动如何把控。比如，中村朗到底在哪儿？

也许，中村已经在下行“隼鸟号”上，一步步实施着某种计划了。

“警部，喝杯咖啡吧。”

龟井把一杯冲好的咖啡端了过来。

“谢谢。”

“您还是休息一下吧。下行‘隼鸟号’上的事，在这儿着急也没有用。再说，还有樱井君在。”

“这些我都知道。这种时候，无法与蓝色列车通话联系真是不方便。”

十津川把没加糖的清咖啡送到嘴边。

“警部，您不是说，在高田登上下行‘隼鸟号’之前不必担心吗？”

“那倒是……”

“据说，现在东海地区缺水仍然很严重。”

“你怎么说起这事来了？”

“既然0点之前不会发生什么事，咱们就谈谈与案子无关的事。”

“与案件无关的事？”

“我想，蓝色列车之谜之所以迟迟解不开，也许是由于我们过于拘泥于案件本身，大脑失去了灵活性。您说呢？”

“你说得对。好，现在开始咱们就把案子忘掉十分钟。”十津川微笑着说道，“那你就给我讲讲东海地区缺水的事。”

“从去年年末开始，东海地区就没下过一场像样的雨。名古屋市从上个月15日开始，实施了每天六小时的限时供水，其他城市好像也一样。”

“问题严重啊。这里要是名古屋，恐怕这杯咖啡就喝不上了。”

“不要说自卫队的供水车了，各县、市也都安排供水车竭尽全力运水。我还听说，有些地方用运送石油的油罐车来运水。东海地区经常受台风侵袭之苦，可今年人们却期盼着台风早日到来。”

“……”

“您怎么了？”

“再给我来一杯咖啡。”十津川说道。

龟井从壶里倒咖啡时，十津川凝神思考着。等龟井倒完咖啡，十津川还在那里望着天花板。

“您怎么了？咖啡给您冲好了。”龟井有些担心地问。

十津川却回答说：“问题就出在那个供水车上，龟井君。”

“是啊。听说，供水车正在东海地区大显身手。”

“不，我说的是咱们的案子。”

“已经过了十分钟吗？”

“不，我是说，多亏了你，案子里的一个谜可能要解开了。”

“吹田君！”十津川喊了一下年轻的警部补，“你也过来一起想一想。我认为，解开多摩川溺尸浸泡五小时之谜的答案可能就在供水车上。你们怎么看？”

“供水车？”

“把油罐车里的石油放掉，再把水灌进去，然后把田久保凉子的尸体扔进罐内搬运。搬运所用的时间，不就是尸体浸泡在水里的时间吗？”

“可不是嘛。”吹田兴奋得两眼发亮。

“而且，如果车是油罐车改装的，上面就会印有‘危险’的标识，车在路上飞驰也不会引起怀疑。”

“可是，凶手是在哪里把下行‘隼鸟号’上的田久保凉子搬下来的呢？”

“毫无疑问，当然是冈山站。”

“在冈山站下车的不是高田和被麻醉了的青木记者吗？”

“不是。高田是在包厢溺死田久保凉子后，把她装扮成身体不适的乘客，在冈山站弄下车的。凉子个头儿比一般女子高，给她披上男人的大衣，戴上帽子，看上去就像个男人。”

“可是，警部。青木说，他是在冈山被人弄下车，移到晚一小时十五分开来的‘富士号’上的。我看他不像是和罪犯一伙的，也不像在撒谎。”

“当然不是一伙的。他之所以那么说，是由于罪犯们让他产生了错觉。”

“您如何反驳青木的证言呢？他说，醒过来才察觉，自己坐的不是‘隼鸟号’而是‘富士号’。因为他发现通过车站的时间对不上，而且单间卧铺车厢里的乘客也都换了人。”

“青木说，有人在他的胳膊上打了麻醉针，所以他没有察觉在冈山站被人弄下车。可我认为，罪犯给他注射的不是麻醉剂。”

“您认为注射的是什么？”

“罪犯先是在青木的威士忌里投放安眠药让他入睡，然后把他的手表拨快了一个小时十五分，也就是‘富士号’和‘隼鸟号’的时差。可如果青木一直睡下去，他们就无法实施计划。于是，又给他打了一针，但这一针并不是麻醉针，而是催醒针。结果，青木醒来，看到窗外的站牌，再看看手表，便感到纳闷。他又走到过道，发现其他包厢换了人，而且告诉他这是‘富士号’，这样一来，谁都会认为，自己可能是被人投了安眠药、打了麻醉针，从‘隼鸟号’弄下来移到了‘富士号’上。青木来到冈山站，又从货务员那儿听说，那一天看见有两个人从下行的‘隼鸟号’下来，就更觉得自己的判断是正确的。”

“按您的说法，装运田久保凉子尸体的供水车，事先已经等候在冈山车站？”

“是的。也有可能是在大阪或名古屋等着，然后用其他车辆把尸体从冈山运到那儿。比如，用中村朗的那辆跑车。”

“若是从冈山出发，到东京多摩川的弃尸现场约有七百公里。下行‘隼鸟号’到达冈山是凌晨2点25分，而老人在多摩川发现田久保凉子的尸体是在上午11点多。这样的话，就等于是用八个半小时跑七百公里来搬运尸体。”

“简单计算一下就能知道，这需要以平均每小时八十多公里的速度飞驰，但这是可能的。如果凌晨2点出发，恐怕路上的车辆不会太多，而且肯定跑的是名神、东名高速公路。不过，开车至少需要两个人，一个人开车飞奔八个小时可能受不了。”

“警部。”龟井插了一句。

“你要说什么？”

“供水车以时速八十公里飞驰到东京也不是什么难事，那些大卡车司机常常以每小时一百公里的速度在深夜的高速公路上狂奔。不过，让我不解的是，为了杀害区区一个女子竟然动用供水车，是不是有些反常？”

“的确如此。你的疑问换句话说就是，罪犯为什么盯住蓝色列车不放？如果在田久保凉子乘坐蓝色列车之前就把她杀掉，既不需要供水车，也不必特意把尸体从冈山运到东京。是这个意思吧？”

“是的。”

“关于这一点我有一个想法，过一会儿再说。既然罪犯锁定要在蓝色列车上作案，就需要一个必要条件。”

“需要几个同谋。”

“我也这么想。咱们先来计算一下需要几个同谋。”

十津川站起身走到黑板旁拿起一根粉笔，在上面写了①到⑩的序号，并在①旁边写上了“高田律师”。

“第二个人是冒充田久保凉子，拿着她的车票下车的女子。”吹田说道。

十津川在②旁边写上“田久保凉子的替身”。

“青木醒来后，在过道上遇到两个人。”龟井说道，“一个是从田久保凉子的 8 号包厢出来的穿和服的女子，还有一个是从高田律师的 9 号包厢出来的五十多岁的男子。”

“还有一个人。”十津川说道。

“谁？”

“乘务员。”

“乘务员？”

“也许是冒充的。如果是真乘务员，应该会记得田久保凉子。”

“有道理。这样的话，共犯有和服女子、五十多岁的男子，再加上假乘务员。您把这些写上去吧。”

听到龟井的话，十津川刚要写，又忽然停了下来。

“写这些没什么意义。”

“为什么？”

“你们想一想，单间卧铺车厢共有十四间包厢，如果青木走到过道上，遇见的是刚才那三人以外的人，他们的计划不就失败了吗？”

“这样一来，难道说包厢里的所有人都是同谋？”吹田吃惊地看着十津川。

“正是如此。我认为，罪犯们原想把所有的包厢都包下来，包括青木的7号包厢。这样的话，他们就可以放心地杀害田久保凉子。可当他们预订单间卧铺时，7号包厢的车票被人买走了。对他们来说，这位乘客就是个麻烦。于是，他们又匆忙买了一张‘富士号’7号包厢的车票，上演了一出极其麻烦的骗人把戏。”

“您的分析很有意思，不过……”

“不同意？”

“还是刚才那个疑问。为了杀害区区一个女子，竟动用十三个人并把同一列车的单间卧铺票全部买下来，是不是过于小题大做了？而且，由于青木记者偶然入住了7号包厢，他们不得不又精心设计了一个花招。其实，杀人所采用的方法越复杂就越容易露出破绽。就说现在吧，尽管他们费尽心机制造了很多假象，但他们的狐狸尾巴不也要被我们抓住了吗？”

“继续说，龟井君。”

“其实用不着这么麻烦，他们可以在田久保凉子上车之前，或者在西鹿儿岛下车后杀害她不就行了吗？”

“的确如此。”十津川点头同意，“就像你所说的，除非极其愚蠢，他们不会为杀一个人而如此费周折。”

“可如果是这样，我们从中得出什么结论呢？”吹田皱着眉头问十津川。

“青木说，他是在冈山站被人从下行‘隼鸟号’上弄下来的。这不对，从车上弄下来的应该是田久保凉子，这一点不会有错。”十津川说得很干脆。

“如此说来，是高田和他的同伙占领了下行‘隼鸟号’的单间卧铺车厢？”

“不然的话，不可能让青木相信是换乘了下行‘富士号’。”

“可是，他们的目的难道不是为了杀害田久保凉子？”

“对。就像龟井所说的，为了杀她一个人未免过于兴师动众。”

“那，他们为什么这样做？”

十津川抬头凝望着上空，说道：“大概是为了预演吧。”

4

“您是说，这是谋杀武田大臣的一次预演？”吹田神情严肃地问。

“还能有别的目的吗？”十津川反问道。

吹田想说什么，但欲言又止。

“武田信太郎就任运输大臣不久，他就放话说要乘蓝色列车荣归故里。”

“好像报纸和杂志上都刊登过。”龟井说道。

“如果高田恨武田大臣，而且恨之入骨，当大臣风风光光荣归故里时将其杀害也不足为怪。他把蓝色列车选为作案地点，需要对武田信太郎要乘坐的蓝色列车，尤其是单间卧铺车厢的结构有一个详细了解。于是，他们想到要在武田大臣参加国际会议回国之前进行一次预演。”

“那一天就是 3 月 27 日。”

“对。高田和同伙们本想占领所有包厢自由地进行预演，可未承想单间卧铺很抢手，其中一间包厢车票被青木买走了。但他们还是决定按原计划行事，因为，无法保证其他日子就能买到‘隼鸟号’所有单间卧铺的车票。”

“这么说来，搬运田久保凉子尸体的改装油罐车，不光是用于杀害她的，也有可能是为了今天谋杀大臣而准备的。”

“这种解释可以接受。为预演而准备的供水车，因偶然发生的情况，用在了搬运田久保凉子的尸体上，这是正解。”

“如此看来，今天高田他们如果企图谋害武田大臣，他们将会动用那辆供水车？”龟井看着十津川问道。

“是啊。也许会用。”

“他们到底想用那辆供水车做什么呢？是不是也打算在车上杀害大臣后，将其从冈山站弄下车，然后再用供水车搬运到东京抛进多摩川里呢？”

“那可不对。”十津川很干脆地给予了否定。

“他们之所以把田久保凉子特意搬运到多摩川抛进河里，是不想让人知道她乘坐过蓝色列车。如果被人发现开往西鹿儿岛的蓝色列车包厢里有乘客被杀，武田信太郎就有可能取消乘坐蓝色列车荣归故里的计划。可现在，谁都知道今天武田大臣乘坐蓝色列车的单间卧铺，如果罪犯事成之后特意将其搬运到多摩川，对他们没有任何益处。”

“他们是不是计划把供水车停在道口上，把列车困在那里？”说这话的是吹田，他好像对自己的想法充满自信，“与新干线不同，东海道线有很多道口。如果装作供水车出了故障停在道口上，列车一定会困在那儿。”

“很遗憾，这也不对。”

“为什么？”

“要想让下行‘隼鸟号’困在那儿，一般的卡车就可以了，不必非要用很难弄到的供水车。再说，要想列车停下来，引燃一个发烟罐就足够了。还有，如果按你的推论，3月27日预演时，下行‘隼鸟号’就应该停在某个道口，可那趟车并没发生过这样的事。”

“那他们打算用供水车做什么？”

“不知道。弄不明白蓝色列车和供水车之间的关系。”

“如果说3月27日是预演，当初被杀的田久保凉子能不能是高田他们的同伙呢？”吹田说道。

“这样想比较合理。一定是随着27日的临近，高田怕她背叛他们，于是杀害了她。”

“可田久保凉子为什么冒着被杀的危险，去乘坐下行‘隼鸟号’呢？”

“可以考虑两个理由。一是，她以为其他人还不知道她想背叛。二是，由于同伙们的严密监视，她在东京没有逃脱的机会。于是，她装作执行计划，同他们一起乘坐了下行‘隼鸟号’，想到九州后再销声匿迹。”

“据《新时代周刊》的青木记者说，田久保凉子在餐车上一见到高田便大惊失色。如果她是高田的同伙，应该是为了预演而乘坐的下行‘隼鸟号’，可为什么一见到高田就脸色大变呢？”吹田歪着头不解地问。

“问题就在这儿！”突然，十津川大声说道。

“啊？”吹田显得很吃惊。

“刚才我也想着同样的问题。田久保凉子是高田他们的同伙，这一点不会有错，而且她的确知道3月27日乘坐下行‘隼鸟号’是为了今天的预演。正因为如此，她即使看到1号车厢都是同伙，也没有逃跑。可为什么一看到高田就大惊失色呢？”

“是不是有这种可能：在最初的计划里，他们的头儿高田不在车上。”龟井从旁边插了一句。

“嗯，嗯。”十津川点头称是。

“你说得对，只能是这样。原定不在车上的高田突然走进餐车，田久保凉子见到他后，以为自己的逃跑计划已暴露，所以才大惊失色。”

“要、要是那样的话，警部……”

吹田有些激动，刚要往下说，十津川接过了话茬：“我知道你想说什么。你是不是想说，今天高田也有可能不坐这趟车？”

“是的。”

“有这种可能。听说高田要去大阪，我还以为他一定会在大阪乘下行‘隼鸟号’。但樱井刚才也联系说，没有发现高田乘车的迹象……”

“领头儿的不在实施计划的列车上，这算是怎么回事？”龟井表情有些凝重，事情的确如他所说。

“高田能不能跑到前面，等下行‘隼鸟号’开过来时，向1号车厢扔炸弹？”吹田的想法正如他的年龄，还有些幼稚。

十津川摇了摇头，说:“他不可能往同伙乘坐的列车上扔炸弹。再说，蓝色列车以每小时一百公里的速度在黑夜中疾驰，扔炸弹也未必能击中。”

“高田作为头目，能不能在车外指挥作战?”

听到龟井的问话，十津川还是摇了摇头:“与新干线不同，蓝色列车无法从外面用电话同乘客联系。”

“可是，高田作为头目不乘车却留在车下，理由是什么?”

“是啊，我也想知道为什么。高田作为头目，在车下到底起什么作用呢?”

目前，十津川等人因对具体细节不甚了解，也就无从知道高田这伙人的整体计划。

“我还有一个不明白的地方。”吹田说道。

“你要问什么?”

“您认为，下行‘富士号’的乘务员因跌入隅田川而死，也是谋杀吗?”

“可能性很大。”

“如果是谋杀，那又是为什么?按理说，如果青木并没有被移到下行‘富士号’上，这件事应该与乘务员没有关系。”

“有两种可能。第一，正因为没有关系才被谋杀。‘富士号’也在冈山中间站停车，如果乘务员做证说没有乘客上车，真相就会暴露，所以才杀了他。第二，这个乘务员可能与高田有某种联系。现在，蓝色列车很有人气，双层的二等卧铺票可以买到，但只有十四间包厢的单间卧铺的票却很难入手。不过，要是国铁里有熟人，也许就会容易一些。假设，死去的‘富士号’的乘务员是他们的同伙，就比较容易搞到单间卧铺的票。”

“您这么一说我想起来了，那一天的‘隼鸟号’由博多乘务段负责，而‘富士号’则由东京乘务段负责。如果那个乘务员是东京乘务段的，与高田相识也是有可能的。”

“还有一条。”十津川补充道，“杀害那个乘务员也说明，他们已经弄到了今天下行‘隼鸟号’的单间卧铺票。”

“难道说，除了武田大臣一行五个人的包厢外，其他包厢都被高田他们占据了？”吹田睁大眼睛望着十津川。

“有可能。”

“如果是那样，问题就严重了。我们应该立刻与下行‘隼鸟号’取得联系。东京站的指挥室应该能与列车取得联系。”

“联系上以后做什么？”

看到十津川极为冷静，吹田瞪大了眼睛。“一国的大臣面临着危险啊，警部！我们不能袖手旁观吧？难道，您要坐视不管？”

“所以我在问你，打算怎么做？”

“让他们彻查一下乘坐单人包厢的那些人。坐飞机的话，行李安检严格，凶器几乎带不上去；与此相比，带凶器乘坐列车可谓畅通无阻。所以，首先要让他们彻底搜查一下单人包厢。”

“恐怕什么也搜不出来，他们不会那么蠢。”

“第二，调查所有乘客的身份。高田的同伙都是曾请他辩护过的人，需要查一查。”

“如果是，那又怎么样？把他们全部从车上赶下来？他们都买了车票，既没拿凶器，也不是通缉犯。仅仅由于他们都曾经请过同一位律师，就强行把他们从车上拖下来吗？检查携带的物品，恐怕也不可能。认为下行‘隼鸟号’上可能发生事件，仅仅是我们的推测。他们既没有发恐吓信，也没有送行凶预告书。”

“那您打算坐视不管？”

“不必冲着我来。发出警告还是可以的，问题是武田信太郎能不能相信。”

“如果说明情况他会相信的。”

“说明情况？”十津川苦笑道，“难道跟武田信太郎说，他是五亿日元诈骗案的真正罪犯，高田对他有仇恨，想借机杀了他，请他注意？”

“警部，那您打算怎么办？”很明显，吹田在生气。

“车上有两个安全警卫，他们都是神枪手。还有，樱井也会在大阪上那趟车。”

“那就安全了吗？”

“我相信他们。”

“就这些措施？”

“问题是要弄清高田那伙人有什么样的计划。他们应该知道，武田有安全警卫保护，也可能预想到有两三个其他刑警在车上。尽管如此，高田却相信自己的计划一定能成功。如果我们能预想到是什么样的计划，就可以让樱井提醒大臣他们注意。”

十津川看了一下手表：晚上10点46分。离下行‘隼鸟号’到大阪站还有一小时二十分。

在这段时间里能揭穿高田一伙的计划吗？

快到晚上11点时，刑警井上来了第二次电话。

“刚才我问了一下赤坂警察署的交通课，他们说，中村朗的那辆车出了交通事故，正在通缉中。”

“肯定是中村的路特斯精灵跑车吗？”

“不会有错。事故发生在第三京滨公路出口不远的横滨车站附近，由神奈川的县警负责处理。他们还请了中村住宅所在地的赤坂警察署予以协助。”

“什么事故？”

“撞人事故。把一位横过马路的六十五岁老妇人撞飞后逃逸。目击这起事故的人，记住了车牌号。”

“什么时候发生的事故？”

“据说是早晨6点左右。”

“好，我们询问神奈川县警了解一下详情。”十津川放下电话转向龟井说道，“中村朗的路特斯精灵跑车出了撞人事故。”

“这件事对我们破案有用吗？”龟井的话听起来有些放肆，

表露出他对远处行驶的下行“隼鸟号”无计可施的急躁情绪。

“不知道。不过，我现在是一根稻草都想抓呀。”

十津川故意以开玩笑的口吻说着，再次拿起电话拨通神奈川县警察本部，叫搜查一课的小松原警部接电话。十津川与小松原是大学校友。

“我要问的事与你们的交通课有关。今天清晨，一个叫中村朗的男子开着路特斯精灵跑车撞了人。”

十津川刚提到此事，小松原便马上回答：“这一案子在两个小时之前归我管了。”

“被撞的人死了吗？”

“死了。手术似乎很成功，但并发的肺炎夺去了她的生命，两小时之前去世的。”

“是过失致死？”

“不，我不那么认为。因为他的车时速超过限制三十公里，而且是闯红灯冲向正在过人行横道的老太太。应该是杀人罪，至少是故意伤害致死罪。”很明显，小松原声音里充满了愤怒。

“肇事车辆找到了吗？”

“在横滨车站附近找到了丢弃的车辆。右前部已撞坏，车牌号也一致，是中村朗的车。”

“逮捕证呢？”

“原来签发的是肇事逃逸逮捕证，现在正在改签。无论如何，我都想定为杀人罪，毕竟他是闯红灯，冲向一位六十五岁毫无防备的老太太。”

“新逮捕证什么时候签发？”

“一小时之内就可以签发。这件事与你们也有关吗？”

“我们也在追捕中村朗。”

“什么嫌疑？”

“杀人嫌疑。但我们还处于怀疑阶段。一小时内肯定能签发新逮捕证吗？”

“肯定能。出什么事了吗？”

“具体情况以后再跟你详谈。不管怎样，谢谢你了。”

十津川放下电话，莞尔一笑，转向龟井和吹田说道：“总算有了突破口。”

“什么突破口？”吹田睁大了眼睛。

“现在，我们对下行‘隼鸟号’束手无策。因为仅靠武田运输大臣可能遭袭的猜想，是无法对列车上的乘客和单间卧铺的包厢进行搜查的。但是，如果撞死六十五岁老妇人的罪犯中村朗有可能逃到下行‘隼鸟号’上，可就另当别论了。”

“中村有可能搭乘‘隼鸟号’吗？”

“我想，他开车飞奔就是打算在中途的某个车站搭乘下行‘隼鸟号’。据说，他的车遗弃在横滨车站附近，下行‘隼鸟号’在横滨站是停车的。”

“原来如此。”

“而且，即使中村朗没乘车也没关系。重要的是，我们可以借这个理由对列车进行搜查。这样一来，我们就等于有了一件战斗的武器。”

“我去找中村朗的照片。”龟井心领神会地站起身来，“他有过前科，我去把前科者卡片借来。”

龟井很快把中村朗的前科者卡片复印件拿了过来。

“如果樱井来电话，就告诉他中村朗的相貌特征。”十津川把此事托付给了龟井。

樱井在午夜 0 点 08 分来了电话。

“现在，我正在用大阪车站工作室的电话跟你们联系。”

“高田还没现身吗？”

“还没看见。站台上只有来拍蓝色列车的孩子们，还有几个乘客。”

“不管高田出不出现，你都要乘坐下行‘隼鸟号’。有一个叫中村朗的三十九岁男子，是高田的同伙，他很可能搭乘了下行‘隼鸟号’。中村有开车撞死六十五岁老妇人的嫌疑，神奈川县警察本部已经签发了逮捕证。你上车后找乘务长协助，查一查中村藏没藏在车上。尤其是藏在单间卧铺包厢里的可能性很大，所以彻查一下那节车厢。查的时候，也看一看高田和他的同伙是不是也在单人包厢里。”

“明白了。可我不知道中村朗长什么样。”

“现在由龟井君详细地告诉你。”说完，十津川把电话递给了龟井。

第八章

恐吓者

胁迫者

1

下行“隼鸟号”还有五分钟就要到站了。

大阪车站站台上的时钟指针已指向午夜0点03分，可高田仍然没有现身。

樱井的表情渐渐严峻起来。高田应该搭乘下行“隼鸟号”，十津川的这一判断是否有误？

站台上冷冷清清。从这里去往九州可以乘坐早晨的新干线到博多，如果去鹿儿岛可以搭乘飞机，几乎不会有人特意在半夜搭乘夜行列车。

三个孩子聚在站台前方，等待着下行“隼鸟号”的到来。他们可能就是青木在报道中所写的那个“少年三人组”。

这时，有两个铁路公安走上站台，站在了单间卧铺车厢要停靠的位置附近，大概是为了护卫武田运输大臣。恐怕下行“隼鸟号”要停靠的所有车站，都可能悄悄地安排了相同的护卫。这样一来，乘坐蓝色列车回故乡的武田自己倒是无忧无虑了，可周围的人却非常辛苦。虽然武田告诉国铁，这是他的私事大家不必费心劳神，可国铁方面不可能不采取行动。

车头上挂有“隼鸟”标志的下行“隼鸟号”，比预定时间晚两分钟缓缓驶进了站台。

高田终究还是没有出现。

（他不打算乘坐这趟车了？）

樱井深思熟虑后改变了想法。他觉得，高田即使不在大阪上车，也可能在京都上车。如果坐出租车前往上一站京都，也完全来得及。

列车停下，车门打开。单间卧铺车厢没有人下车，其他车厢也只有两位乘客下了车。

各个车厢窗户上的遮光帘都已放下。除非是蓝色列车的拥趸，大多数乘客应该已经入睡。

樱井上了7号车厢，因为他打听到乘务长在这节车厢。

上车后樱井立刻去见乘务长，并出示了警察证。

“我是东京警视厅的刑警樱井，请您务必协助一下。”

“我是大西，什么事？”小个子乘务长大西紧张地望着樱井。

樱井用手指推了推眼镜，说道：“具体情况我一会儿告诉您。在这个车站的停车时间好像很长啊？”

“停四分钟。要加水，自然需要时间。”

“只在这儿加水吗？”

“不是，到终点站西鹿儿岛期间共有六次加水。”

“全部车厢都要六次加水吗？”

“不是。如果那样要花费很长时间，所以在这里只给10至

13 号车厢加水，然后在冈山给 4 至 9 号车厢加水，依此类推。”

“从东京到这儿，车内没发生什么可疑事件吗？”

“没有，没发生任何事情。”大西回答得很干脆。

这时，发车的铃声响了，车门被关上了。

在此期间，一直未见高田上车。

列车一开动，樱井便郑重地对乘务长说：“我有一件比较棘手的事必须请您帮忙。”

对方默默地听着。

“事情是这样的。有消息说，一个杀人犯上了这趟车。他的名字叫中村朗，好像是在横滨上的车。”

“是杀人犯啊，他杀了什么人？”

“一个六十五岁的老妇人，用车撞死的。所以想请您协助查一下，中村朗藏没藏在这趟车上。”

“有罪犯的照片吗？”

“照片没来得及带，但知道他的特征，请您记一下。年龄三十九岁，身高一米七五，体重七十五公斤，身体很健壮。头发比较浓密，留的是分头。浓眉，高鼻梁，有点儿像政治家 K。没戴眼镜，厚嘴唇，嘴角右侧有一颗很大的痣，这是他明显的特征。还有，他年轻时曾与地痞无赖混在一起，被人砍了一刀，所以他的左手背上有一道长五六厘米的刀疤。”

“咱们具体做什么？”

“请您协助我查找犯人。”

“可现在已过了午夜0点，大部分乘客已经睡着了。我们总不能一个一个叫醒他们，然后进行询问吧？”

“这趟车大约有多少乘客？”

“大约五百人。”

“人数不少啊。”

“能不能等到早上。6点过后，乘客们就会陆续醒来。现在一个一个叫起来，有可能引起很大的混乱。特别是从2号车厢开始均为二等卧铺，只要叫醒一个，就会影响周围的人。”

“那就从1号车厢的包厢开始吧。”

“可是，今天那节车厢里有特别的……”

“我知道，那里有运输大臣一行人。正因为这样，我才想先查一下包厢。罪犯很凶残，不知道会干出什么事来。”

“真的吗？”大西乘务长脸色都变了。

“有这种可能性。弄不好，会把大臣当作人质或者枪杀大臣。”

“罪犯带着凶器吗？”

“有这种可能，所以哪怕是深夜我也要查一查。”

“总不至于大臣的包厢也要查吧？”

“大臣及秘书官，还有安全警卫的包厢除外。”

“中村朗的逮捕证签发了吗？”

“签发了。”

“那我们一起查查看，但愿乘客们能够配合。”

大西先起身走向了 1 号车厢。

几乎所有二等卧铺的铺位都放下了帘子，甚至还可以听到里面传来的鼾声。有一位中年乘客正坐在铺位上，一小口一小口地喝着小瓶威士忌。

列车微微左右晃动着在黑暗中继续前行。在摇晃的列车上走过狭窄的过道，还真需要一点儿技巧。大西不愧是司乘人员，他巧妙地保持着身体的平衡向前走着，而樱井则时不时要抓一下旁边的东西。

“你们用什么方法对外联络？”樱井在过道上边走边问。

“有无线电话能与综合指挥室取得联系，可是……”

“可是什么？”

“现在出了故障，无法接通。”

“被什么人弄坏了吗？”

“不是。一开始就不太好使，后来终于不通了。不过，我们本来也很少用，没什么影响。”

“这样一来，列车在行驶途中就无法与外界取得联系了吗？”

樱井有些不知所措，可大西却满不在乎地说道：“不过，我们还是有办法的。”

他们来到了 1 号车厢。

一进入车厢，首先看到的是乘务室。敲了敲门，里面躺着休息的乘务员起身走了出来。

大西向这位叫松下的乘务员说明了一下情况。

“但愿乘客能够配合。”松下也说了一句与大西一样的话。

从乘务室走到单间卧铺车厢的过道，还需要经过一道门。

他们打开门，走到铺着地毯的过道上。十四间包厢全都关着门，门上的小窗也都从里面拉上了窗帘。

“从里到外分别是 1 到 14 号包厢，1 到 5 号包厢由大臣一行包住。咱们从最近的 14 号包厢开始查吧。”

听了大西的话，松下敲了敲离得最近的带有 14 号门牌的包厢门。

“谁？”里面传来一个男子的声音。还好，看来还醒着。

“我是乘务员，有事想询问一下，您开一下门好吗？”大西很客气地说道。

门上小窗的窗帘被拉开，一个身穿睡衣的中年男子向外张望着。他一边揉着眼睛，确认了站在过道上的的确是乘务员后，打开门锁开了门。

“什么事？”男子问道。

樱井出示了一下警察证。

“有杀人凶手逃到了这趟车上，我们正在搜查。凶犯的名字叫中村朗，在东京经营法国料理店。”

“我可不是。”中年男子笑着摆了摆手。

“能把您的姓名和住址告诉我们吗？”

“有那个必要吗？”

“由于我们没有中村的照片，所以想确认一下您的姓名和住址，请您配合一下。”

“田村一平，四十岁，住东京都台东区池之端1号。我只是个普通的工薪族。”男子的话语里似乎带着怒气。

“您带了身份证件吗？”

“没带。我可是休假旅行，不带不行吗？”

“不是。请出示一下您的车票。”

“好，请看吧。”男子取过上衣，从兜里掏出车票给樱井看。这是一张到西鹿儿岛的车票。

樱井朝男子身后窥探了一下，包厢内不像是藏着什么人。

2

午夜0点45分。

搜查总部的电话响了，所有人的视线都集中到了那部黑色电话上。

十津川拿起了电话。

“我这里是三宫车站。”一个带有关西口音的男子说道。

“三宫？”

“东海道干线的三宫车站，我是副站长笠原。”

“啊，知道了。我叫十津川，有什么事吗？”

“九分钟前下行‘隼鸟号’从我们车站发车了。”

“那趟车上发生什么事了吗？”十津川不由得提高了嗓门儿，周围的刑警们也都竖起了耳朵。

“从我们车站发车时，车内没发生任何事情。不过，‘隼鸟号’的乘务长交给我们一个通信袋，里面装着一封联络函，写着刑警樱井的名字。”

“他是我们这儿的刑警。”

“上面写着要联系的电话号码，所以我按这个号码给你们打了电话。”

“联络函上写了什么？”

“现在我读一下。‘我在大阪站上车，没见到高田律师，他有可能在京都站上车。目前为止，我查了单间卧铺车厢上的八男一女共九位乘客，其中没有高田律师和中村朗。’下面写着这九个人的姓名和住址。”

“您念一下。”

十津川拿起圆珠笔做好了记录的准备。

对方语速很快地读着名字，十津川都一一记录在便签上。

“有没有与下行‘隼鸟号’进行联系的方式？”十津川写完问道。

“车上载有无线电话，可以与东京的综合指挥室取得联系。可他们说，那趟列车的电话出了故障无法使用。”

“这样一来，就无法跟他们取得联系了吗？”

“在下一个停车站可以联系。”

“下一个停车站是冈山吧？”

“凌晨2点25分到达。因为是中间站停车，乘客不能下车，主要进行司机交接班、货物装卸还有加水。”

“这个我知道。如果到冈山的这段区间列车上发生了什么事，如何取得联系？”

“可以向中途通过的车站投下装有信函的袋子。”

“原来如此。从三宫到冈山中间有多少个车站？”

“二十九个。”

“车站之间的距离是多少？”

“列车每行驶三分到五分就是一个站。”

这样的话，即使车上发生什么事，最晚三五分钟后就能知道情况。当然，前提是乘务员或樱井要处于可以投放信函的状态。

十津川道谢后撂下了电话。

“高田没上车，到底是怎么回事？”吹田皱着眉头看着十津川。

“还没确定上没上车，也许在二等卧铺车厢。”

“可是，高田不是他们的头儿吗？”

“是啊。”

“如果想对武田运输大臣采取行动，其舞台应该在带包厢的1号车厢。领头儿的不在那儿，叫人难以理解。”

“你认为高田没在车上？”

“是的。”

“所以，你是说下行‘隼鸟号’上不会发生任何事？”

“不是。我认为，高田的确制订了暗杀武田大臣的计划。但是，他能不能把我们的注意力吸引到下行‘隼鸟号’上，让我们误以为在那里实施计划，而实际上他们打算采取其他方式？”

“什么方式？”

“比如，这样。”吹田用双手模仿了一下射击的动作。

“狙击？”

“是的。夜间可能不行，天亮以后就有很多狙击的机会。”

“面对以一百公里时速飞驰的列车进行狙击？”

“我刚才查过，在熊本附近，‘隼鸟号’要越过有名的田原坂。那里的山岭、弯道和坡道连续不断，列车的速度就会降下来，是狙击的最好时机。而且，列车通过那里时已过了上午10点，大臣应该是醒着的。”

“行不通。”十津川很干脆地予以否定。

“为什么？”

“如果是狙击，目标若是像司机那样坐着不动倒还可以，若是活动目标就很难实现。当列车开到埋伏地点时，如果大臣正好坐在包厢的窗前倒还可以，要是走到另一侧的过道上怎么办？或许还有可能拉上窗帘睡觉。我想，他们不会采取成功率如此低的方式。”

“要是把列车炸毁呢？在铁桥上安放炸弹进行爆破，这种方法晚上更有效。”

“那可要死数百人啊。”

“但这样可以炸死大臣，达到他们的目的。”

“这也说不通。”

“为什么？”

“他们如果真的想要采取如此粗暴的手段，又何必在3月27日特意坐到列车上进行预演呢？”

“如果这些都行不通，您认为高田他们会用什么方式谋杀大臣？”吹田带着挑衅的目光望着十津川。

“正因为不知道，我们才在这里苦思冥想啊。”说完，十津川又环顾了一下屋里的刑警，“反正，咱们先查一查那里的九名男女，看里面有没有曾请高田律师辩护过的人。”

“名字一个也对不上。”日下回答。

“下行‘隼鸟号’上的那些人，用的可能都是假名，那就找一找相似的。”

“找到相似的了。”

日下把两个名字写到黑板上。

山本正夫　三十八岁　东京都杉并区中荻中荻公寓209号

山下一郎　三十五岁　东京都杉并区下荻青空公寓902号

“山下一郎是樱井转告的乘客姓名，山本正夫是因抢劫案请高田辩护过的男子。樱井在山下一郎的特征中写道，身高近一米八，体形偏瘦，戴眼镜，头发稀疏。我看了一下山本正夫的照片，一模一样。”

“的确很像，住址也相仿。而且人们在谎报自己的年龄时往往比实际年龄小一些，这也是人之常情。”

除此之外，还发现了两个相似的名字。可能是由于半夜突然被叫醒盘问，一紧张编造出了与原名相近的假名。此外，还发现名字完全不同，但住址相同的人。恐怕是瞬间说出朋友的名字后，不知道具体住址，便下意识地说出了自己的住址。

“如此看来，我们可以认为高田他们已经潜入了单间卧铺车厢。”井上说道。

“问题是他们到底要采取什么样的行动。”十津川抄着手思索着。

他的脑海里浮现出曾经探查过的“隼鸟号”单间卧铺车厢的结构。

乘务室在车厢的一端。打开内侧的门走进去，一边是宽约一米的过道，另一边排列着十四间包厢。过道尽头有一扇门，再往里就是两个厕所和一个储物间，还有一个饮水处。

武田信太郎有两个安全警卫守护着，而且樱井也会坚守在单间卧铺车厢里，监视过道直到天明。这样一来，高田他们在车上不就无计可施了吗？

樱井在联络函上说，那九位乘客不像藏有武器。即使他们藏有手枪之类的武器，樱井和两个安全警卫都持有自动手枪，而且安全警卫都是神枪手，完全能够对付他们。

“真是弄不明白。”十津川不由得脱口而出。

3

樱井站在 1 号车厢乘务室旁边，时而透过门上的小窗观察着过道上的动静。

“其他车厢也查吗？”大西问道。

“等天亮，乘客们起床后再查吧。”

“那再好不过了。”大西如释重负。

“无线电话修好了吗？”

“很遗憾，还是不能用。”

“是吗？”樱井的语气有些沉重。

“杀人犯中村没在单间卧铺车厢吧？”

“很遗憾，没在。”

“那么说，有可能在 2 至 14 号的二等卧铺车厢？”

“是啊。”

“不要紧吧，能不能对其他乘客下手？”

“据我们调查，中村只威胁那些有钱人。在这个车上最令人担心的还是大臣一行。”

“你觉得中村会对大臣一行采取行动？”

“不知道，但我们还是要有所防备。这个车厢由我来警戒，你到其他车厢看一看。等到天亮，我想从2号车厢开始查起。”

听了樱井的话，大西点了点头，朝他的7号车厢走去。

樱井和乘务员松下留在了1号车厢。

“你觉得，1号车厢会发生什么事吗？”松下担心地问。

樱井没有直接回答，而是问松下：“你能不能帮我用通信袋再联系一下。”

“可以，要联系什么事？”

“我想联系搜查总部，想让他们答复我一件事。”

“现在投下去，在冈山中间站停车时就可以得到答复。”

“我想在此之前得到。”

“不可能，因为到冈山站之前不停车。没发生什么事件，是不能随便临时停车的。尤其是运输大臣坐在本次列车上，就更不可能停车了。”

“即使不能停车，发个信号还是可以的吧？情况紧急，请国铁务必给予协助。”

樱井要了一张通信专用纸，写道：

请联络东京蒲田署搜查总部的十津川警部。

联络事项如下：

在三宫发给你们的九人名单中，如有需注意的人物，就请国铁在西明石车站传送暗号。传送方式是，让车站工作人员站在站台前方。有一个可疑分子就站一人，有两个就站两人。

樱井写于下行“隼鸟号”

“怎么样？国铁能给予协助吗？”樱井一边把信函内容给松下看，一边问道。

“西明石车站是个大站，有好几个人值班，我想他们会给予协助的。可是，单人包厢的乘客里面真有可疑人物吗？他们跟中村是什么关系？”

“是中村的同伙。上次联络时，我已经请总部对他们九个人进行了调查，我想得到答复。”

“知道了。下面要通过的是兵库站，在那儿把通信袋投下去吧。兵库站到西明石站需要十二三分钟，应该来得及。”

松下把信函装进了三角形的袋子里。

在夜色中，兵库站渐渐临近。远处车站的微弱灯光急速变大，最后整个车站展现在眼前。

松下打开了乘务室旁边的窗户，一股深夜的冷风吹进车厢内。松下从窗户探出头，把通信袋投到了兵库站的站台上。

4

时间在紧张的气氛中一点儿一点儿地流逝。

樱井一会儿看看手表，一会儿看看 1 号车厢的过道。因为在得到搜查总部的答复之前，事件也有可能发生。但更令他不安的是，无法预测事件以什么样的形式发生。

如果罪犯挥舞着刀或手枪去袭击在 3 号包厢休息的武田大臣，反而更好防备。因为如果这样，只要制止就可以了，万不得已还可以开枪将其击毙。

问题是罪犯们若采用难以预料的方式作案怎么办。

“快要通过西明石站了。”松下提醒樱井。

二人把脸贴在靠近站台的窗户上，望着渐入视野的西明石车站。

信号机从眼前闪过，车站建筑和寂静无人泛着白光的站台在渐渐接近。

刚才的信函内容是否传到了搜查总部？能得到答复吗？

问题在于，即便站台上没有一个工作人员站在那儿，也无法断定九个乘客中没有高田的同伙。因为有可能樱井的信函内容没有传达到搜查总部，所以没有答复。可现在对这一情况又没有可确认的方法。

“我看见有人了！”松下突然大声说道。

樱井眼前一亮。

（有人！）

列车转瞬间经过了西明石车站的站台。但他们还是看到，在站台的前方站着人——共有四个车站工作人员排成一列面向线路站着。

“我看见了四个人。”松下说道。

樱井想，既然九人中有四个可疑人物，就有可能全员都是高田的同伙，要做好心理准备。

当听说车上有四个可疑人物时，乘务员松下的脸都白了。

“乘坐包厢的九个人中，至少有四个人是罪犯的同伙？”

“是的。”

“问题也太严重了！他们为什么要坐单间卧铺车厢？”

“要是知道为什么，我们早就采取对策了。”

“不能逮捕这四个人吗？”

“很遗憾，不能。现在只知道他们好像是同伙，但没有证据。再说，即使知道他们是朋友或熟人，仅凭这一点也不能逮捕他们。”

“那我们怎么办？”松下睁大眼睛望着樱井。

“想不出什么好办法，现在只能看事态的发展了。”

樱井正说着，9 号包厢的门开了，一个身穿睡衣的男子走到过道上。他又瘦又高，睡衣吊吊着，显得很短。

这是那个自称是山下一郎的男子。

山下使劲关了一下门，装作若无其事地环视了一下过道。

偶然间，他的视线与门外的樱井相遇。也许是错觉，樱井似乎看到那一瞬间山下窃笑了一下。紧接着，山下朝位于车厢尽头的厕所走去。

樱井双眼紧盯着山下瘦高的背影。

大臣在3号包厢，樱井已做好准备，只要山下有什么举动，他就会打开门冲上去。但山下路过3号包厢时，瞧都没瞧一眼，径直走过去进了厕所。

过了近十分钟，仍未见山下走回来。

“有什么可疑迹象吗？”松下在樱井身后担心地问了一句。

“不。只是一位乘客去了厕所而已……”

樱井说到这儿突然想到，与大臣同行的两个安全警卫为什么不轮班站在过道上守护大臣呢？

安全警卫归警察厅管辖而不是警视厅，所以樱井并不知道他们为守护要人受过什么样的训练。再者，武田信太郎以亲民自诩，所以他很有可能告诉安全警卫不要那样大张旗鼓地站在那儿，让他们回包厢休息。

樱井看到山下从卫生间出来后径直走回9号包厢，并没有什么异常。

过了五六分钟，这次是6号包厢的门被打开，一个肥胖的中年男子走到过道上。

樱井记得，他自称是根本，在东京开一家文具店。当然，这些是否属实也无法确认。

根本也慢慢地走向厕所。其实，这两个厕所在门的另一侧，在过道上是看不见的，所以无法确认他们是否真的进了厕所。但是，打开过道尽头的门向左转，只有两个厕所、一个储物间和饮水处。而包厢里可以喝到水，没有必要为了喝水特意走到过道上，所以，基本可以判断他们是进了厕所。

过了五六分钟，根本边看手表边走到过道上。

原以为根本会直接走回自己的包厢，结果他走过 6 号包厢，径直朝樱井的方向走来。

他打开过道的门来到乘务室旁边，看到樱井站在那儿便上前搭话："刑警先生，找到杀人凶手了吗？"

樱井对他在这个时间来搭话产生了怀疑。他会不会是高田的同伙，借纠缠自己之机，其他包厢里的同伙要采取什么行动？樱井心存戒备，一边通过门上的小窗观察着过道的情况，一边回答根本说："很遗憾，还没找到。"

"所以这么晚了还在监视，真是辛苦啊。"根本晃动着肥大的身躯对樱井说道。

樱井很想早点儿结束与这个中年男子的谈话，所以故意冷淡地说："你有事吗？"

根本从睡衣胸兜里掏出了香烟。

"我想借个火，打火机正好没气了。这个时候特别想抽烟。"

樱井没作声，拿出打火机给他点上了火。

“可不能躺在铺位上抽烟啊。”站在旁边的乘务员松下说了话。

“我知道，包厢里写着呢。”

不知为何，根本竟然在乘务室旁边抽起烟来。

“你不回包厢吗？”

“一回屋，就想躺在床上抽烟，要是着了火可就对不起大家了，我还是在这儿痛快地抽完再回包厢吧。”根本笑嘻嘻地说道。

樱井内心里甚感不满，因为根本的出现令他担忧，而且他一边抽烟一边不停地跟樱井东拉西扯，什么警察的工作啦，肇事逃逸的罪犯啦，最后还扯起了职业棒球赛。他说话时带有酒气，看样子在包厢里喝过酒。

樱井渐渐焦躁不安起来。因为随时都有可能有事件发生，现在他无暇与根本说那些无聊的话。如果根本这是为了牵制樱井和乘务员松下，则更需要早点儿结束谈话。

当根本抽完第一支烟，用脚踱碎扔到地板上的烟头时，樱井下命令似的对他说道：“请你回自己的包厢。”

根本还在唠叨着，可看到樱井不予理睬，只好悻悻地回到过道上。

樱井松了一口气。可不知为什么，根本开始“咔嚓咔嚓”地拧动包厢的门把手，最后竟然用脚踹起门来。

正值深夜，车上除了列车有规律的行进声以外，静悄悄的别无他声。而根本的踹门声就像是闹钟一样唤醒了众人。

先后有男女四人从各自的包厢里出来，走到过道上。四个人都穿着睡衣，一场争吵随即开始。

“大家都睡着了，请不要弄出‘咔嚓咔嚓’的动静。”

“你在干什么，踹什么门？”

“我踹门也是有原因的。”根本反驳道。

看样子，如此发展下去弄不好会打起来。

（难道他们是在演戏？）

樱井带着这种疑问，同乘务员松下一起走到过道上。

“现在是深夜，请不要打扰其他乘客。”松下说道。

“是他不好，又是敲门，又是踹门的，我都睡不着觉了。乘务员，你想办法把他弄走。”一个看上去五十多岁戴着眼镜的男子指着根本向松下说道。

“您为什么要踹门？”这次松下转向根本问道。

“门打不开了，我有什么办法？”根本说完又踹了一下门。

樱井把根本推开，用手抓住了门把手。可他无论怎样用力，还是打不开6号包厢的门。似乎是从里面上了锁。

“打不开啊。”樱井望着乘务员松下说道。

松下突然抿嘴笑了。“又这样了。”

“什么又这样了？”

“单人包厢的锁，是从里面挂搭扣的。当手柄转动一半时这个搭扣就会落下来。当搭扣位于正上方时，使劲关门搭扣就会借劲落下，门就会被锁上。”松下说着，从乘务室拿来备用钥匙很轻易地打开了包厢的门。

“给你添麻烦了。”根本低头向松下表示了谢意。

当包厢门打开时，站在过道上的男女四人噼噼啪啪鼓起掌来。这些行为看上去似乎都是自然的感情流露，却引起了樱井的注意和警惕。如果这些乘客是高田的同伙想对3号包厢的大臣下手，根本有可能是故意粗暴关门，使自己的包厢成为密室，而其他四个乘客的掌声也可能是传递的某种信号。

“大家请回去休息吧。”松下对过道上的五位乘客说道。

“被突然弄醒，恐怕是睡不着了。”说话的是10号包厢的乘客。

（奇怪呀。）

樱井皱起了眉头。

从6号到10号，中间隔着3个包厢。如果说，根本“咔嚓咔嚓”弄门把手和用脚踹门的声音在10号包厢都能听到，那么在相邻5号包厢里的安全警卫为什么不出来呢？

两个安全警卫分别在4号和5号包厢。二人是为护卫大臣专门配备的，即使打盹儿也应该绷紧神经，或者应该按规定的时间轮流休息。可是，外面如此吵嚷，他们二人为什么紧闭房门，没有冲到外面来呢？

包厢里设有红色警报按钮，当乘客遇到意外情况时可以使用。他们二人没出来，也许是由于没人报警，所以并不担心。但即便如此，至少也应该有一个安全警卫出来观察一下过道上的情况。

那五位乘客聚集在过道上开始闲聊起来。其中还有一个乘客打开过道一侧的窗户，眺望起窗外深夜的景色。

樱井紧盯着鸦雀无声的 1 号到 5 号包厢。

为什么没有人出来？当然，现在尚未发生任何事，而且也没有出现可以使人联想到袭击大臣的事态，所以武田大臣一行五人安心睡觉也没有什么奇怪的。但樱井总感到一种不安，甚至产生了一种大胆的想法：大臣等五人真的睡着了吗？这五个人能不能已经无影无踪，谁都没在包厢里？

但是，在没有任何事件发生的情况下，不能仅凭猜想就敲开这些包厢的门。樱井只不过是警视厅的一名刑警，他没有权利这样做。

樱井看了一下手表，时间才到后半夜 1 点 39 分。

樱井盼望着早点儿天亮。太阳升起，当大臣以及安全警卫们醒来走到过道上的时候，就能够确认他们安然无恙了。

5

青木醒过来躺在铺位上，打开头顶上的阅读灯看了一下手表，指针指向了后半夜1点40分。

昨晚7点，因为武田大臣要前往餐车，记者和摄影师们都聚集到了餐车上，并不宽敞的餐车显得格外喧闹。

以亲民自诩的武田要了一份关门套餐，显得心满意足。

青木记得，其中有三四位乘客不停地向两位担任护卫的安全警卫劝酒。安全警卫理所当然地很礼貌地拒绝了，他们不可能喝威士忌和啤酒。护卫大臣是他们的工作，所以他们在餐车上既没喝饮品也没吃饭。

那些乘客为什么要向安全警卫劝酒呢？难道不知道他们是安全警卫？青木觉得，安全警卫戴着鲜红的领带，具有与众不同的气质，应该一眼就能辨别出来。难道那些人知道他们是安全警卫，觉得他们很辛苦才敬酒犒劳？

反正，下面的采访要等到天亮，大臣一行起床后才能进行，所以青木并不着急。让青木惦念的是他下铺的那位女子。说实话，由于她的存在青木都没睡好觉。

青木记得该女子名叫八木美也子。他从铺位上下来，装作去厕所。

遮挡下铺的帘子敞着二三十厘米，青木无意间朝里望了一下。女子似乎去了厕所，并没有在铺位上。

青木沿着过道向厕所方向走去。

来到两节车厢的连接处，青木点上了一支烟。他想等女子从厕所出来，装作无意间遇到的样子与她搭话。

下行“隼鸟号”保持着一定速度行进着。也许是临近了道口，列车发出尖锐的汽笛声。

青木抽完第一支烟，仍未见到八木美也子出现。一个穿着睡衣的乘客带着一脸睡意走进了厕所。看来，八木美也子并没有在厕所里。

（她会去哪儿呢？）

餐车已经关闭，整个车辆都处于昏睡之中。她应该无处可去，可到底去哪儿了呢？

她说要坐到西鹿儿岛，不大可能在青木睡着后中途下车。

也许在这趟车的其他车厢里有她的朋友或家人，她去了他们那儿。

或许她的情人在单间卧铺，她前去包厢幽会。两人本想一同旅行，但只买到一张单人包厢的票。没办法，她只好坐二等卧铺，等到夜深人静时前往单人包厢。青木想，在这种情况下还找她，自己岂不成了一个傻瓜。

（可是……）

青木想起 3 月 27 日乘坐下行“隼鸟号”时的情景。那天，年轻的美女从单人包厢里消失，后来尸体被发现漂浮在多摩川上。这次也难保不出现此类事件。

可是到哪儿去找她呢？

上次他可以到单人卧铺车厢里去找，可这次并不知道她去了哪个车厢。

青木看了一下手表，还有十五六分钟就到凌晨2点了。

2点25分，列车将在冈山进行中间站停车。到那时，恐怕又会勾起那段不愉快的回忆。尽管警察调查时对青木说的话持有否定态度，但青木还是坚信自己是在冈山站被人弄下车后移到了下行“富士号”上的。

（但愿能在列车到达冈山站之前找到八木美也子。）

青木之所以这样想，是因为他觉得列车到达冈山时会发生某种不祥之事。

6

凌晨1点45分，位于东京丸之内的国铁东京综合指挥室接到了一个男子的电话。

这个综合指挥室管理着东京的西、南、北三个铁路管理局的全线运营。

此时，由东京站出发的所有车次的列车都已驶出该指挥室管辖的区域，正安全、正点地运行着。从现在到早上，将没有列车从东京站发车。

这是指挥室最为清闲的时段，刚才还在头戴耳麦与各个车站进行联系的指挥员们，大多都在打着盹儿。

正在这时，打进来一个外部电话。

指挥长中原拿起了电话。

一个男子开口就说:“好好听着，这件事非常重要。”

“你是谁?”中原问了一句。

可对方并没有理睬，接着说:“没有时间了，别出声好好听着！下行‘隼鸟号’的1号车厢上安有炸弹，将在凌晨2点爆炸。”

“你说什么?”中原不由得大声问道。几个指挥员也惊愕地望着中原。

“你冷静地听着。现在，下行‘隼鸟号’应该行驶在姬路和冈山之间。这趟车的1号车厢，也就是单间卧铺车厢，乘坐着运输大臣一行。我是说，就在这节1号车厢上安有炸弹，而且还有十五分钟就要爆炸了。不，还有十三分钟，你们快想点儿办法!”

“这里是东京综合指挥室，下行‘隼鸟号’已进入大阪综合指挥室运行管辖区域。”

“我不管这些!”男子大声吼道，“反正，那趟列车1号车厢上的炸弹凌晨2点就会爆炸。大臣和一些乘客快要没命了，你们还说什么管辖不管辖的。如果这也无所谓，就请便吧。”

“你等一下。”中原慌忙又握紧了电话，“如果那是真的，为什么要告诉我们?”

“因为我讨厌把无辜者卷进去。”

“你不是在说谎吧?”

“我的名字叫高田悠一，你们问一下警察就会知道，我不是在说谎。”

“就算安放炸弹的事是真的，怎么才能排除？”

“2点就要爆炸了，哪有时间排除。反正，先让1号车厢的乘客避难。就剩几分钟了，快点儿。”男子说完，便粗暴地挂断了电话。

中原手里拿着电话，显得半信半疑。

谎称在列车或车站里安放了炸弹的电话和信件并不少见。由于国铁肩负着乘客的生命安全，所以每当遇到这种情况都要停车一一排查，可实际上一次也没有发现过炸弹。

但是，这次该男子的话格外有一种真实感，他甚至说出自己名字叫高田。

中原决定挂一下110。他先表明自己的身份后，详细说明了接到警告电话一事。过了一会儿，电话里传来了一个男子深沉的声音。

“我是十津川警部。听说，有个叫高田的男子打电话说要爆破下行‘隼鸟号’？”

“是的。他说，只要说是高田打的电话，警察就会相信。这到底是怎么回事？”

“现在没有时间详细说明。不过，高田是我们正在监视的人物。”

“那么说，1号车厢上安有炸弹是真的了？”

“就当真事来处理吧，能让下行‘隼鸟号’马上停下来吗？”十津川的声音也变得急迫起来。

“我们想想办法。”

“那就拜托了。如果停下来，马上疏散1号车厢的乘客。”

“明白了。”

中原放下电话，拿出了行车时刻表。

中原脸色苍白，因为他感到，下行“隼鸟号”乘客的性命掌握在自己的手里。而且，那趟列车的无线电话还发生了故障，无法在这里直接取得联系。

现在是凌晨1点53分，那趟列车大概行驶在上郡和三石之间，这都是小车站，这使中原的心情更加沉重。

不管怎样，中原还是挂通了大阪综合指挥室的电话，找到了指挥长。庆幸的是，对方的指挥长梅田竟是中原的同学。

中原言简意赅地向梅田传达了电话之事。

“据警察说，很有可信性。你马上让下行‘隼鸟号’停下来。”

“看样子需要找个车站把车停下来疏散乘客。”

“你马上去办，2点就要爆炸了。”

“好，我试试看。”

指挥长的桌子上，摆着一排与各个车站紧急联系用的电话。

梅田拿起了挂往三石站的电话。

“这里是三石站的运行业务室。”

梅田听到一个年轻站务员的声音。

“这里是大阪综合指挥室。下行‘隼鸟号’已经通过了吗？”

“马上就要通过本站了。”

“事情重大，你要冷静地好好听着。有人在下行‘隼鸟号’上安放了炸弹。”

“真的吗？”

“好像是真的，你就当真事采取行动吧。炸弹好像安放在了1号车厢，但已经没有时间寻找和排查了。你让列车在三石站停下来，疏散乘客。1号车厢里坐着运输大臣一行，你要特别注意。”

“明白了。”

“2点爆炸，赶快行动。”

“是。”

年轻站务员紧张的声音从电话里消失了。

小小的三石站将面临一场混乱。

可是梅田无计可施，只能默默祈祷。

第九章

临时停车

臨時停車

1

一位年轻的女子从2号车厢出来走进了1号车厢。她身材苗条，富有魅力。

她对站在过道门前的樱井和乘务员松下嫣然一笑说道：“劳驾，能让一下吗？”

“你去哪儿？”樱井的脸上自然流露出警惕的神色。

“问我去哪儿？我可是这趟列车的乘客。我手里有车票，难道车内不能自由走动吗？”

“这个嘛……你叫什么名字？”

“八木美也子。”

“八木女士，你的票是二等卧铺的吧？”

“是，7号车厢。怎么了？”

“这里是1号车厢，都是单间卧铺，请你不要进去。”

“你是干什么的？”

“我是警察。”

樱井出示了警察证。

“刑警为什么会在这儿？”

“运输大臣一行在1号车厢，为了护卫他们。”

“我找秘书栗桥京子小姐有事，不信你们可以问问京子小姐。我听说她在2号包厢。”

“这么晚了，你找她有什么事？”

“是私事，跟警察也不能说。如果不允许进入过道，能不能帮我把她叫到这儿来？”

“这个时间敲门，会惊动其他包厢的乘客。”

“可是，过道上不是有好几位乘客吗？”八木美也子指着过道问。

樱井耸了耸肩说：“出了点儿小问题，大家都被惊醒了。”

“我的朋友栗桥京子小姐呢？”

“大臣一行都在休息。”

“那就奇怪了。”

“怎么奇怪？”

“她有点儿神经质，每次出门旅行都为睡不着觉而烦恼。其他乘客都能被吵醒，她竟然能安然入睡，真是怪事。”

樱井也认同八木美也子说的话。他也怀疑，在如此大的吵闹声中，大臣一行五人为什么没有一个人从包厢里出来。

“你朋友睡觉那么轻吗？”

“是啊，学生时代就有些神经质，现在也不会有什么太大变化吧。”

“的确，还真是有些奇怪，不过……”

樱井说得有些含混。有可能的话，他也想去查看一下大臣的包厢，但办不到。

让不让这位女子去敲开她秘书朋友的包厢呢？如果秘书起来了，也许就能打听到大臣的情况。

“为什么不能见我的朋友，跟她打打招呼总可以吧？如果她在睡觉，我马上退出来。”

八木美也子执拗地说着。这么一来，樱井反而对她的执拗产生了怀疑。

“你到哪儿下车？”樱井问。

“西鹿儿岛。怎么了？”

“那样的话，天亮以后找她怎么样？大臣一行也到终点站西鹿儿岛下车，用不着在深更半夜去找她。”

“可是，大臣要是起来了，她就没有自己的时间了。要是现在，她有的是时间。”

“那倒也是，可是在这个时间……”

樱井刚看了一下手表，列车突然来了个急刹车。钢铁车轮与铁轨强烈摩擦发出尖利刺耳的声音，并溅起一簇簇火花。

樱井打了个趔趄，靠在通往过道的门上喊道：“怎么回事？”

樱井透过车窗，看到泛白的站台。

有人在车外高喊着什么。

“怎么回事？”樱井再一次大声吼道。

乘务员松下推开1号车厢唯一能打开的小窗，探出头向着站台问：“发生了什么事？”

“有炸弹！”

站台上的站务员大声喊道。

2

樱井还没有把握整个事态。

（为什么要急刹车？）

（有人喊有炸弹是怎么回事？）

樱井焦急地等待着答复，而目光自然而然地投向了大臣所在的包厢方向。

他的心里又泛起了疑问。

（大臣一行为什么不出来呢？）

难道，刚才猛烈的急刹车也没有惊醒他们？可其他车厢已有了乘客起床的迹象。

就算武田信太郎睡得特别死，秘书官神谷以及安全护卫也应该跑出来呀。太不正常了。

（不至于死在包厢里了吧……）

乘务员打开了站台一侧的车门。

一个年轻的站务员跑上1号车厢，以激昂的声调喊着：“马上疏散1号车厢的乘客！”

“发生了什么事？”樱井一把抓住他的胳臂问道。

“有人告知，1号车厢有炸弹。”

“确实吗？”

“消息的可信度很高，据说罪犯的名字叫高田。”

“高田？！”

樱井的表情严峻起来。同时，他感到后背凉飕飕的。因为高田这个名字就是危险的代名词。

“快叫醒大臣一行，让他们避险。”樱井大声向乘务员松下喊道。

狭窄的过道一片混乱。身穿睡衣聚集在过道上的乘客们都吵嚷着：“怎么了？”“发生了什么事？”

“快离开1号车厢！”樱井向他们吼道，随即猛烈敲打着大臣所在的3号包厢，“大臣，快起来！有人在车上安放了炸弹！”

松下敲打着安全警卫的包厢。八木美也子也敲打着2号包厢哭喊道：“京子小姐！京子小姐！”

可是，这几个包厢里没有任何回应。

（到底怎么了？）

樱井甚感焦急，向松下喊：“把门打开！”

“能行吗？”

“非常时期，没关系，你就开门吧！”

松下从兜里掏出了备用钥匙，可由于过度紧张，怎么也插不进锁孔。

“快点儿！”

樱井不由得大声吼了起来，两人都急红了眼。

3号包厢的门终于打开了，樱井立刻冲了进去。

武田运输大臣穿着西服躺在铺位上。

“死了吗？”不知是谁，站在樱井背后问道。

“大臣！”

樱井一边喊着，一边抓着武田的双肩，用力摇晃着他那肥硕的身体。可大臣浑身软绵绵的，没有一点儿反应。

“死了吗？”又有人在背后问道。

“没死，睡着了。”

当樱井回答时，从1号车厢的厕所那边传来了猛烈的爆炸声，把包厢的墙壁震得哗啦啦直响。瞬间，滚滚的白色烟雾涌进过道。

刻不容缓。樱井背起武田信太郎笨重的身体，走出包厢，来到过道上。此时，过道上已充满了白烟。

1号到5号包厢的情景大致相同。无论是大臣的秘书官、女秘书，还是两位安全警卫都在昏睡，无论怎样摇晃都没有醒过来的迹象。没有办法，乘务员及三石站的站务员背着他们，穿过滚滚白烟，来到车站的站台上。

过了几分钟，在1号车厢的厕所附近发生了第二次爆炸，再次喷出滚滚浓烟，但没有发生火灾。

大臣一行五人被安排躺在三石站的站长室里。不一会儿，县警察本部的五台警车和三台救护车飞驰而来。武田运输大臣等五人被救护车直接送往附近的医院。

樱井借站长室的电话，向东京搜查总部的十津川报告了情况。

“现在，县警察本部的人正在处理爆炸物。”

“大臣没事吧？”十津川提高了嗓门儿。

在站台传来的一片嘈杂声中，樱井回答道：“已经用救护车送进了附近的医院。不仅是大臣，他们一行五人当时都在包厢里昏睡。”

“昏睡？”

“是的。”

“怎么回事，五个人都被人下了安眠药？”

“现在还无法判断。不过，包括安全警卫在内的五个人肯定一直在包厢里睡着。在炸弹爆炸之前曾发生过一点儿骚动，那时候，他们五个人谁也没有出来过。”

“爆炸后的状况如何？”

“请等一下。”樱井用一只手打开窗户，向站台方向望了望，“发生过两次爆炸，好像没发生第三次，1 号车厢仍然被白烟笼罩着。”

“车厢没遭到破坏吗？”

“从外面看，没有什么损坏，只是震坏了两三块车窗玻璃。”

“这么说，只是冒出了大量的白烟？”

“是的，浓烟让人睁不开眼。”

“发生两次爆炸，只震碎了两三块车窗玻璃，真是难以理解。”

“爆炸是在厕所那边发生的，也许1号车厢的前端部分会有些损坏。”

“从外表看，1号车厢没什么损坏吧？”

“没有。”

“爆炸的目的只是为了恐吓？”

“也许是那样。”樱井点头表示同意。

“不，不对。”电话那边的十津川却给予了否定，“如果只是为了恐吓，他们不会制订如此麻烦的计划。再说，武田信太郎本人在昏睡，那样做也达不到恐吓的目的。”

“您这么一说，还真是那么回事。”

“大臣真的在昏睡？不会是死了吧？”

“不会有错。虽然浑身软绵绵的，但心脏还在跳动，还能听到鼾声。”

“包厢的门呢？”

“从里面上的锁。”

“就是说，在密室里一直睡着？”

“表面看是那样。不过，如果出来时用力关门，蓝色列车的包厢门有时会自动上锁。就在不久前，包厢里的一位乘客去厕所时用力关包厢门，导致门从里面自动上了锁。没办法，是乘务员用备用钥匙给他开的门。”

“可是，大臣一行一共五个人。让他们一个一个都睡着，然后像你说的那样，巧妙地关门上锁，使包厢内部成为一个密室，这几乎是不可能的吧？”

“的确如此。请您等一下。”

“怎么了？”

“现在，县警察本部搜查一课的课长进来了，让他跟您通电话。”

樱井把话筒递给了走进站长室的冈山县警察本部搜查一课的课长。

这位个子不高的课长表情严肃地说道：“我是佐野。”

“我是警视厅的十津川。”十津川在电话的另一边答道。

佐野看了一眼站在旁边的樱井，然后说：“刚才医院那边传来了消息，说武田运输大臣已经身亡了。”

3

三石站的站台依然很混乱。

下行“隼鸟号”仍困在那里。笼罩 1 号车厢的白烟终于消散，但身穿防护服的炸弹处理专家仍在车内进行排查，以防还有别的炸弹。

2号及以后各车厢的很多乘客也都走下车来到站台上。

分离1号车厢的作业开始了。

不久，机车只牵拉着1号车厢，移动到了离站台一百多米远的铁轨上。

樱井将这些情况一一向十津川做了汇报。

“现在我到收治那五个人的医院去一趟。”

“仔细问问武田大臣的死因。还有，1号车厢的其他九位乘客在干什么？”

“站台很乱，不知他们去哪儿了。”

“炸弹爆炸时，他们没有在各自的包厢里，而是站在过道上，是吗？”

“是的。或许，他们是有意没进包厢，站在过道上。”

“有这种可能。找到高田律师了吗？”

“我全力寻找，还是没找到。如果给国铁打电话的是高田，他是不是没乘坐下行‘隼鸟号’？”

“也许是那样。不过，那个电话没录音，打电话的是高田本人还是他的同伙，现在还没法弄清楚。喂！我刚听到爆炸声，发生了什么事？”

“分离后的1号车厢又发生了爆炸，在这儿看得很清楚。”

“是大爆炸吗？”

“不是。从这儿看，车体动都没动一下，但水喷出来了。”

“水？”

“大概是车厢地板下面的储水罐被炸坏了。我现在去医院看一下。”

樱井挂断电话，搭上了去往医院的警车。

崭新的三石综合医院位于离车站三公里的地方。

虽然已差不多凌晨 3 点，但医院内灯火通明，表明事态的重大。

医院的候诊室里，聚集着十几位报刊记者，他们都是为采访武田大臣荣归故里一起乘坐的下行“隼鸟号”。只有八木美也子远离大家孤零零地坐在那里。她来这里，可能是担心她的朋友——大臣秘书的安危。

樱井与县警察本部搜查一课的佐野课长一起，上了二楼的病房。

大臣的遗体摆放在单人病房的病床上。

医院的串木院长向樱井他们说明了情况。

“武田先生的死因是由氰化物中毒引起的窒息死亡。他的手腕处有注射的痕迹，液体氰化物就是从那儿注射进去的。”

串木院长冷静地进行着说明。可听到被氰化物毒死这一意外的事实，樱井的脸色变得苍白起来。

“这是凶杀案啊。”

佐野自言自语，显得很紧张。更何况这是现任大臣被谋杀，一定会闹得沸沸扬扬。

（而且会追究我们的责任。）

樱井心里默想着。

搜查总部已经充分预见到高田一伙人可能要袭击武田信太郎，而且可能在蓝色列车上采取行动。尽管如此，搜查总部并未能阻止他们的行动。如果上面怪罪下来，追究起事件的责任，搜查总部恐怕也只能是欲辩无言。

“其他四个人情况怎么样？”佐野问。

“没有生命危险。”串木院长回答。

“由于强力安眠药的作用，他们一直在昏睡，再过两三个小时就会醒过来。”

“有注射麻醉剂的痕迹吗？”樱井问道。因为他想起青木记者在上次事件中，曾被人在手臂上注射了麻醉剂。

但串木院长摇摇头说：“我们对四个人的身体进行了缜密的检查，没有发现注射的痕迹。”

“那么，罪犯是如何让这五个人服下安眠药的呢？他们不可能自己服安眠药吧？”

“这一点还不清楚。如果解剖大臣的尸体，也许会有一些线索。”

“解剖什么时候开始？”佐野凝视着床上的遗体问串木。

“我们想先联系一下遗属之后再做，恐怕要在一小时之后。”

“就是说，在天亮之前就能知道解剖结果？”

“我想是的。你们需要在天亮之前得到结果吗？”

“大臣是被毒杀的，凶手一定乘坐了蓝色列车。如果有可能，最好在乘客们离开之前得到解剖结果。”佐野的语气很坚决。

樱井想到了下行“隼鸟号”上的乘客。同佐野的想法一样，他也觉得凶手就在乘客之中。而且，可能就是1号车厢的乘客。

樱井记得，当他背着武田信太郎失去知觉的沉重身体走出包厢时，过道里充满了爆炸后冒出的白烟，一片混乱。凶手一定是趁此机会，拿着注射器从背后靠近毫无防备的武田大臣，在他的手腕上注射了氰化物。

但樱井并不记得谁在自己的身旁。滚滚白烟，让人看不清一米以外的东西。更何况，当时整个1号车厢都处于混乱状态。不仅是武田信太郎，随行的其他四人也同样在包厢里昏睡，只好把他们一个个背出1号车厢。樱井甚至不知道其他人是谁背出来的。

将这四个人背下车，仅靠乘务员松下和三石站的站务员两个人是办不到的，有可能1号车厢的乘客也帮了忙。被警察盯上的九个人中竟然有人出手救人，这情景颇具讽刺意味。这九个人既是谋杀武田信太郎的嫌疑人，同时又是见义勇为的表彰对象。这样一来，只要没有决定性的证据就很难逮捕他们。

“樱井先生。”佐野的一声呼唤把樱井从自我推理的世界里拉回了现实，“下一步你打算怎么办？”

“不管怎样，先向东京汇报一下。”

“我先回三石站，尽可能保护现场，并打算让同乘1号车厢的乘客在三石留一段时间。”

“那好。1号车厢共有九位其他乘客，一个叫松下的乘务员会记得他们。”

樱井又向佐野说明了高田律师和那些人之间的关系。

佐野听着，兴奋得涨红了脸。“这样看来，一切都可能是事先计划好的？”

“大概是。”

“既然如此，就更应该禁止1号车厢的乘客离开这里。”说着，佐野点点头走出了病房。

樱井向串木院长借用了二楼的电话。他拨通东京的搜查总部，向十津川汇报了武田信太郎死于氰化物中毒的情况。

“就是说，我们轻易地被罪犯们摆了一道。”十津川的语气里带着懊恼。

“是的。无论是1号车厢最初的吵闹还是后来的爆炸，一切都是有计划进行的。”

“知道他们是如何给大臣他们下的安眠药吗？”

“很遗憾，现在还不知道。当地警察说，他们要禁止1号车厢的九位乘客离开那里。”

“真能做到吗？”

“您的意思是？”

“你说过，他们一切都是按计划进行的。如果他们计划在凌晨2点实施爆炸，趁混乱之际谋杀武田大臣，就会知道事件将发生在山阳干线的哪个车站附近。所以，他们也可能事先在附近准备好了接应车辆，准备趁着混乱乘车逃走。”

“有这种可能。”

“你回到三石车站观察事态的发展，并尽可能到1号车厢去搜查一下，罪犯使用过的注射器有可能掉落在那里。”

“明白了。”

“天一亮我就过去，刑警部部长也去，警视厅也会派人。你那边的冈山县警察本部也自然会设立特别搜查总部来调查，你好好配合一下。”

“明白了。”

放下电话，樱井再次感到了事态的严重性。

且不说武田信太郎的人品如何，起码他是一国的大臣。毫无疑问，大臣被杀一定会登上报纸的头条。到了白天，小小的三石将满街都是警察和记者。

樱井走下楼梯。孤零零地坐在候诊室的八木美也子对他喊了一声：“刑警先生！京子小姐怎么样了，能得救吗？”

“院长说，还有一两个小时就能醒过来了。”

“这么说，她有救了？”美也子似乎松了一口气，显露出放心的样子。

“她只是被人下了安眠药。”

“那太好了。真是太好了……”

看着美也子在那儿自言自语，樱井走出了医院。他叫了一辆记者来医院时乘坐的出租车，向司机说："去车站。"

坐在行进的出租车上，樱井忽然想到一件事。

（那个女子在事件发生时也在1号车厢。）

4

下行"隼鸟号"的1号车厢里，到处都是灭火剂的白色泡沫，脏兮兮的，惨不忍睹。灭火剂的泡沫，正滴滴答答地滴落到铁轨上。

先一步来到三石车站的佐野对樱井说："不会再爆炸了。"

"这么说，共安放了三枚炸弹？"

"1号车厢的储物间一枚，厕所一枚，最后一枚在地板下面。都是威力很小的炸弹，即使三枚炸弹同时爆炸也不会把1号车厢炸毁。"

"他们的目的，果然是想通过释放白色烟雾来制造混乱。"

"前两枚是这个目的。"

"第三枚炸弹目的不同吗？"

"据说，上面没有安装释放白色烟雾的装置。"

"那，他们为什么要安放第三枚炸弹？"

"不知道。也许单单是为了恐吓，也许还有其他目的。不过，目的肯定不是为了伤害乘客。虽然爆炸掀翻了地板，但即使有乘客在那儿也不会受伤。”

“下行‘隼鸟号’将如何运行？”

“国铁方面说，只分离发生事故的1号车厢，其他照常运行。预定二十分钟后发车。”

“1号车厢的乘客怎么样了？”

“你说的那九位乘客我都集中到站长室了。”

“他们竟然同意了？”樱井显得很惊讶，这帮家伙竟然没有逃跑。

“因为这是杀人案。”佐野有些得意地说道。

“不过，真没想到，在如此混乱之中竟然没有一个人逃跑。”

“可能是怕逃跑反而会引起怀疑。再说，他们全都穿着睡衣，衣服和手提行李还在1号车厢的包厢里放着呢。”

“还有一个人需要盯住，就是那个现在在三石综合医院的八木美也子。她原是二等卧铺的乘客，事件发生时她在1号车厢。她自称是大臣秘书的朋友。”

“有道理。”

“我去查一下2号及以后的车厢。”

“你认为，二等卧铺也有乘客与此事件有关？”

“不，我只是想查一下刚才说过的高田律师在不在车上。”

樱井向站台走去。站台上到处都是下了车的乘客，有人穿着睡衣，也有人整齐地穿着西服。

这时传来了站内广播。

"还有二十多分钟，下行'隼鸟号'就要发车了。"

听到广播，坐在站台上的乘客们似乎都松了一口气，也有的乘客开始上车。

樱井并没有在站台上的乘客中发现高田的影子。

于是，他走进了车厢。由于电源车已分离，车厢内已无照明，只能通过站台上射来的光，朦朦胧胧地看个大概。

（在这种情况下，连人脸都无法辨认。）

樱井有些灰心。没办法，他只好下车回到了站台。这时，头顶上的广播响了起来。

"现在要挂接机车，为了安全，请站台上的旅客退到白线以内。"

广播又重复了一次。

电力机车和电源车与1号车厢分离后，缓缓地向后面的车厢靠近。电源车的车体也被灭火剂喷得白斑点点。

"咣当"一声闷响，挂接完成。电源车上的内燃机发出隆隆声响，两三分钟之后，列车上的照明一下子亮了起来。

"还有十五分钟，下行'隼鸟号'就要发车了。"

广播再次响起。站台上的旅客们也开始一个接一个地上车。

樱井再次登上列车，沿着狭窄的过道从头走到尾。但是，他既没有看见高田，也没有见到中村朗。不过，有的卧铺拉着帘子，厕所里面也无法探查，所以还无法断定他们二人没在车上。

发车的铃声响了。樱井只好放弃继续查找的念头，下车回到了站台上。

随着尖锐的汽笛声，只挂有十二节客车车厢的下行“隼鸟号”，缓缓地驶出了三石车站。

樱井在昏暗的夜色中，目送“隼鸟号”的红色尾灯渐渐消失后，走向了孤零零停在错车线上的1号车厢。

走近车体，一股炸药和灭火剂混合在一起的浓烈异味扑鼻而来。

当然，车厢里没有照明。在黑暗的车厢内，县警察本部的刑警们手持手电筒来回查寻，寻找着凶手使用过的注射器。

樱井也借了一个手电筒走进车厢。安放过炸弹的厕所和储物间的门都已被炸飞，周围被熏得黑黑的。最后一枚炸弹好像是在1号包厢的正下方爆炸的，包厢的地板被炸得高高隆起。

难道，罪犯把第三枚炸弹安放在这里是以为大臣乘坐1号包厢，打算来个致命一击？

刑警们把每间包厢、过道，甚至铁轨都仔细地查看了一遍。结果，不要说注射器，就连注射器的碎片都没有找到。

县警察本部决定，等到天亮再仔仔细细地搜查一遍。

樱井走进站长室。曾见过面的那九位乘客，正坐在那里喝着站务员给他们沏的粗茶。

“我们把重要的东西全都放在包厢里了，什么时候能去取呀？”唯一的一位女乘客显出很为难的样子问搜查一课的佐野课长。

“再等一会儿，车厢内的搜查和点检就会结束。到那时，你们就可以自由出入那个车厢了。”

“我们是因为有杀害运输大臣的嫌疑，才被这样扣留的吧？”一个高个儿男子带着嘲讽的眼神看着佐野。他就是自称山下一郎的那个男子。

佐野的脸色为之一变，因为武田大臣死亡的消息还没有公开。

“你为什么这么想？”佐野以严厉的目光盯视着对方。

“这里的所有人都知道，1号车厢里坐着运输大臣一行，而且还发生了爆炸。再加上我们都被扣留，这些因素加在一起能不让人联想到大臣已经死亡了吗？”山下得意扬扬地抽动着鼻子。

佐野面露难色，瞥了一眼樱井。樱井从表面上看似乎被对方头头是道的说辞弄得不知所措，其实他心里在想着别的事情。这里的九位乘客有可能都是高田的同伙，如果他们是有计划地杀害了大臣，当然会知道大臣已死。

“看来我们还是被当作杀人嫌疑犯了。”山下朝其他八个人说道。

“真的吗？”

“岂有此理！”

“杀人嫌疑犯？真是荒唐。”

其他乘客也跟着吵嚷起来。

没有办法，佐野只好把大臣在医院死亡的消息告诉了他们，然后说："我们不是说你们之中有罪犯。不过，大臣是在1号车厢被杀的，大家都在同一车厢，所以我们有必要向各位了解一些情况。"

"我只不过看到发生爆炸，不顾一切地去救助了失去知觉的大臣一行而已。我并不是说救了人命应该得到表彰，但也没有理由被审讯啊。"山下不满地说道。

"这不是审讯，而是请大家协助我们侦破这个案件。"

"怎么协助？"女性乘客问道。她自称新井君子，个子不高，三十岁左右。

"大臣一行五人，被人下了强力安眠药，都昏睡过去了。"佐野说着，环视了一下九位乘客。

"我们想知道，是什么人，如何让这五个人服了安眠药？"

"这种事，你与其问我们，倒不如问问他们本人，一问他们不就知道了吗？"根本晃动着肥胖的身躯说道。

"也许那样更好。不过，他们还要等一两个小时以后才能醒过来。"

"我可不知道。"根本耸了耸肩。

"与其问我们，倒不如问那位刑警，他一直在那儿盯着1号车厢来着。"木村指着樱井说道。佐野课长也看了一下樱井。

"我是从大阪站上的车。"樱井对佐野说道，"我想，我上车的时候大臣他们已经服了安眠药。”

“就是说，在东京到大阪这段时间里，他们五人已经服了安眠药？”

“只能是这样。”

“我说，刑警先生。”木村插了一句，“我可不知道他们在哪儿服的安眠药。只要想一想就会知道，我们乘客是无法让他们服用安眠药的。我们没有和他们一起吃过饭，即使在饮料里放安眠药劝他们喝，他们五人也不会喝的。特别是还有两位负责护卫的警官，他们根本不可能喝别人给的饮料。也就是说，我们这些乘客无论如何也无法让大臣他们服安眠药。”

他的话很有说服力。的确，这九个人恐怕不可能让大臣一行全部服下安眠药。如果目标是武田信太郎，可以谎称是他的同乡，然后劝酒时在他喜欢喝的威士忌或其他酒里投放安眠药让他喝，也许还有可能成功。但是，作为职业护卫的两位安全警卫，绝不会喝那些东西。可现实是，两位安全警卫也都服了安眠药昏睡了过去。

佐野似乎无言以对，他想了一下说：“那好，关于安眠药的事，等四位受害者醒过来问问他们。现在我们继续。当发生爆炸时，你们之中有人接近大臣吗？”

“大臣应该是那位刑警和乘务员两个人救出来的。”木村说道，“我们剩下的几个人一起把大臣的四个随从救了出来。”

“是这样吗？”佐野看着樱井。

“的确，大臣是我从包厢背出来的。可是，在那个时候有人趁机用注射器在大臣的手腕上注射了氰化物。”

“是谁？”

“不知道。当时一片混乱，而且过道上充满了烟雾。不过，我跑进大臣的包厢时，有个男子在背后问‘他已经死了吗’，而且问了两遍。”

“能不能是乘务员？”

“也许是，也许不是。刚才有人说，大臣是我和乘务员救出来的，这不对。当时，乘务员正忙着去开另外四个包厢的门。”

“这么说，至少乘务员不是凶手……”

“我认为不是，他没有时间作案。发生爆炸后，他要打开五个包厢的门。而且，我记得他手里拿的是备用钥匙，而不是注射器。当然，把注射器放进盒子藏在兜里的可能性也是有的。”

“将乘务员排除在外，剩下的就是在这里的九位乘客了。”

“还有一个人。就是那个叫八木美也子的女子，她现在在医院。”

“啊，是那个女的。”佐野点了点头。

这时，那九位乘客又吵嚷起来，说不应该把他们当作嫌疑人对待。

“首先，我是去西鹿儿岛有事才坐这趟列车的，这事你们怎么给解决？”一位近五十岁的男乘客噘着嘴，向佐野发难。

“关于这一点，我们打算请国铁方面妥善处理，尽量不给大家带来麻烦。”

佐野虽然嘴上这么说，可脸上满是苦涩。没有确切证据可以证明，这九个人中有杀害武田信太郎的凶手。如果在1号车厢发现了注射器，倒也可以多扣留他们一会儿，可就目前的状况而言，是不可能那么做的。

“请大家把姓名和住址告诉我们。”

佐野环视着九个人说道。

5

三石车站的站长和站务员都在深夜赶来上班。

毕竟，这是蓝色列车发生爆炸、运输大臣被谋杀的大事件。国铁方面发布消息说，由于这是自国铁创立以来从未有过的大事件，国铁总裁天一亮就将赶到三石。恐怕官房长官以及两三位内阁成员也会匆忙前来。这时，当地的新闻记者已驱车赶了过来。

车站决定，让晚一小时十五分开来的下行“富士号”在三石站临时停车，以便搭载那九位乘客。警方虽然想把这九个人扣留到天亮，但没找到相应的证据。既没找到注射器，也没查到他们安放定时炸弹的证据。不仅如此，他们九个人在炸弹爆炸的骚乱中，还从包厢里救出了大臣的随从。警方总不能把救人性命应受表彰的人当作杀人嫌疑犯扣留。

那九个人乘坐下行“富士号”离开三石站后，一直昏睡的四个随从才开始醒过来。

医院传来消息，说一个安全警卫护卫醒过来了。樱井和佐野赶了过去。

醒过来的是一个叫平木功的三十岁刑警。

当平木得知自己担任警卫护卫的运输大臣被杀，脸色大变。

脸色苍白的平木说了一句：“责任在我。”

“我想，你是被人下了强效安眠药。你还记得是什么人用什么方法让你服药的吗？”佐野问道。

“我也想回忆起来，可是脑袋还是迷迷糊糊的，就是想不起来。”平木坐在床上不住地挠着头。

“慢慢想，别着急。”

佐野安慰着他。平木这位看上去极为耿直的刑警，甚至都有可能引咎自杀。

“不，我一定要想出来。”

“那就从东京站出发开始，一点儿一点儿回忆吧。也就是从你登上单间卧铺车厢以后开始说起。”

“我和星野君二人，首先对车厢进行了检查。”

“厕所和储物间也都查过了吗？”樱井问道。

“当然，检查是否安放有定时炸弹是警务工作的基本常识。”

“当时，你们什么也没发现吗？”

“如果发现了就排除了。”

“这次爆炸的定时炸弹，可能安放在了地板下、厕所和储物间这三个地方。”

“储物间及厕所我和星野君都彻底查过了。至于地板下面，我想东京车站方面应该查过。”

“这样看来，定时炸弹是在出了东京站以后安放的。”佐野抄着手自言自语。

“问题是那个安眠药，你记得有乘客劝你们喝饮料吗？”

“在餐车时，有乘客不断地劝酒，但都被我们谢绝了。”

“大臣劝过吗？”樱井问道。

“大臣也曾劝我们喝点儿酒早点儿休息，可我们没有喝。而且，我本来就喝不了酒。”

“晚饭是什么时候吃的？”

“我们轮班简单吃了一下。”

“是什么时候开始发困的？”

“我也不太清楚。好像是过了名古屋不久，突然开始发困。为了驱赶睡意，我又是喝水，又是洗脸，可不知什么时候还是睡过去了。我第一次遇到这种情况。”

“你锁上包厢门了吗？”

“记不清了，也许上了锁。反正，当时困得不得了，想打个盹儿，但又不想让人看见，可能就把门锁上了。”

这时，其他三个人也相继醒了过来。他们的回答也与平木一样，都说不记得什么时候被人下了安眠药。但他们一致回答说，过了名古屋之后开始发困，不知何时就睡着了，只是具体时间各自不同而已。

下行“隼鸟号”从名古屋发车是晚上 9 点 40 分。他们当中有人做证说是在晚上 10 点左右开始犯困，还有人说是 11 点过后实在困得不得了，就睡过去了。

他们的证言有一个共同点，那就是到名古屋为止，他们都还醒着。

“凶手能不能通过锁孔，把类似催眠气体一样的东西喷进包厢里？”樱井向他们四个人问道。

负责安全警卫的平木立刻否定说：“如果是那样，我会注意到喷射的声音。我们虽然身在包厢里，但时刻都在注意过道上的动静。”

“栗桥小姐。”樱井向大臣的女秘书问道，“你认识一个叫八木美也子的女士吗？”

“八木？”

“她说，她是你的朋友。”

“我记得大学时代好像有一个叫八木的朋友。她怎么了？”

“她也在这趟车上，坐的是二等卧铺车厢，刚才还到医院探望你。我去告诉她一声，你醒了。”

“啊？”

栗桥京子显得有些惊愕，她还没弄清怎么回事，樱井已下楼去了候诊室。樱井并不是出于对八木美也子的善意，而是想确认一下她究竟是不是大臣秘书的朋友。

候诊室里，串木院长正向记者们说明那四个人的身体状况。

樱井在候诊室没有见到八木美也子，便来到走廊和医院外面寻找，但还是没有见到她的影子。

（她到底去哪儿了呢？）

“刑警先生。”樱井站在医院门口正想着，有人前来和他打招呼。

开始时，樱井并没有想起站在那里的年轻男子是谁。直到对方说“我是青木”，这才想起是《新时代周刊》的记者。

“你是不是在找八木美也子女士？”青木问道。

“你怎么知道？”

“因为在这里，除了她以外都是记者。刚才她说有事，就出去了。她还说，她与大臣秘书栗桥京子小姐是朋友，很遗憾没能等到她醒来。”

“你知道她去哪儿了吗？”

“她说要去西鹿儿岛，可能是打车去了冈山站。天亮后，新干线‘光号’在冈山停车。”

（当时把她扣留就好了。）

樱井虽然这么想，但没有杀害大臣的证据是不可能将其扣留的。甚至，现在连她与大臣的关系也没弄清。

“你和八木美也子很熟吗？”

听到樱井的问话，青木莞尔一笑，回答说："我们都在二等卧铺车厢，是上下铺。我还偷偷给她拍了一张照片。"

"你给她拍了照片？"

"是啊，她可是充满魅力的女人。"

"那个照片冲洗出来一定要给我一张。"

"难道，你是在怀疑她杀害了大臣？"

"我可没那么说。我只是把她作为此案的证人，想再问一些情况。"樱井向青木说道。

6

运输大臣武田的遗体解剖从凌晨 4 点开始，大约一个半小时后结束。

死因仍然是液体氰化物中毒引起的心脏停搏。

"胃里检出了大量的苯巴比妥。"串木院长对樱井和佐野说道。

"被吸收的量也相当大。"

"苯巴比妥是普通的安眠药吗？"佐野问道。

"这种药通常被称为鲁米那，常用量一次为 0.03 克。它属于巴比妥类的安眠药，功效很强。"

"功效很强是什么意思？"

“安眠药根据用途分各种各样的种类。能快速催眠的有溴异戊酰脲、海索比妥等，促进深度睡眠的有异戊巴比妥、环己烯巴比妥等，进一步加深睡眠而且持续时间较长的就是苯巴比妥。”

“关键是同什么东西一起服下去的，这个能知道吗？”佐野乘势追问道。

但串木院长却摇了摇头：“很遗憾，没查出来。”

“可是，不能从胃的内容物中推测出来吗？”

“胃里的内容物查清楚了。有鱼糕、腌萝卜、三文鱼、海带、扁豆等，再加上米饭，也就是幕间便当里的那些东西。大概是在餐车吃的，还喝了红酒，但不能判断是不是在红酒里掺了药。”

“就是说，也有可能往红酒里掺了药？”

“那种可能性是有的。但是，除了红酒还可能喝了水，就餐时一定又喝了茶。所以，也有可能掺到了这些东西里面。”

串木院长说话始终很谨慎。作为医学工作者，采取这种态度是必然的，可对警察来说，这些说明无助于调查的进展。

樱井陷入了沉思。他想，在这种情况下，如果十津川在身边该多好。

他借医院的电话，再次联系东京的十津川，报告了迄今为止的经过。

“我们现在只知道，这个案件的实施经过了周密的计划。”

“这一点，一开始我们就知道。”电话那边传来了十津川严厉的声音，“杀害武田信太郎当然是有计划的，他们甚至进行过预演。”

“对不起，您让我多加注意，我却没能阻止事件的发生。”

“这说明他们极其狡猾。过去的事情就让它过去吧，下一步就是找证据逮捕罪犯。不，我们已经知道罪犯是高田和曾请他辩护的那帮人，所以现在需要的是证据！”

“可就是找不到。既没找到注射器，也不知道是用什么办法让大臣他们服的安眠药。”

“要想人不知，除非己莫为。”

“话虽那么说，可是……”

“天亮之前，你尽可能多搜集一些证据，我也尽快赶过去。”

7

十津川和刑警部部长一起乘上了早晨6点48分由东京始发的“光31号”新干线，龟井也一同前往。

他们上午10点58分到达冈山后，换乘出租车直奔三石。

特别搜查总部设在三石町的政府办公楼内，冈山县警察本部的部长以及警察厅长官都已来到这里。

官房长官和三位内阁成员也来到安放武田遗体的医院。他们是乘专机飞到冈山机场，然后换乘县政府派去的专车来到医院的，武田的遗属也与他们同行。

县警察本部搜查一课的佐野课长问十津川：“听说，东京方面早已预料到了本案的发生？”

虽然佐野的脸上并没有露出责怪的神色，但十津川自己却对这次没能防止事件发生而感到愧疚。

“我们有过一定程度的预料，但没想到事态会发展到这种地步。我们以为有两位安全警卫跟着，不会出太大的问题，有些大意了。找到作案的证据了吗？”

“很遗憾，什么也没找到。注射器仍不见踪影，怎么下的安眠药也不清楚。您要去看看吗？”

“我想先去看看发生案件的单间卧铺车厢。”

十津川和龟井、樱井一起，前往孤零零停在错车线上的单间卧铺车厢查看。

车厢由两位警察看守着。十津川等三人走进了车厢，过道和包厢里仍然充满着异味。

十津川仔细地查看着车厢内部，包括因爆炸而遭破坏的厕所和储物间。

“看来，罪犯并没想通过三次爆炸来杀人。”

十津川看到爆炸规模很小，做出了上述判断。

“是的。”樱井说道。

“尤其是前两次爆炸，目的可能是为了喷发白色烟雾，让乘客处于混乱之中。”

“不过，如果当时厕所里有乘客，再小的炸弹也一定会炸死人。”龟井看着严重扭曲变形的厕所门说道。

“龟井君说得对。不过，大臣一行五人都在昏睡，其他九位乘客都是高田的同伙。罪犯们都知道要爆炸，不可能去厕所。唯一的例外是这个车厢的乘务员，可他在那个时段上厕所的可能性很小，即便要去也会被站在过道上的那九个人阻拦。话又说回来，就像樱井所说，这次的案件有很强的计划性。首先，他们给大臣等五个人下了安眠药。”

“您知道用什么方法了吗？”樱井用学生一样的目光看着十津川。

“我想到一种方法，但不知能否得到证实。咱们还是继续往下说吧。罪犯们接着把定时炸弹安放在了厕所和储物间。两位安全警卫在东京检查车厢时未发现任何问题，说明肯定是在东京站发车后安放的。你再说说你从大阪上车以后看到的情况。”

“我和乘务员松下一直盯着车厢的过道。在此之前，我们查了一下那九个人的姓名和住址，这个我已经向您报告了。凌晨1点以后，9号包厢和6号包厢的男子先后去了厕所。”

“大概，就是那两个人在厕所和储物间里安放了炸弹。”龟井对此进行了判断。

“我也那么认为。”十津川点了点头。

“第三枚炸弹安放在地板下面。”樱井说道，“听说，从车厢内是无法安放的。那么，到底是在什么地方、用什么方法安放的呢？”

“具体方法我也不太清楚，但安放的地点可能是在名古屋。”

“您说是名古屋？”樱井吃惊地望着十津川，因为十津川随口说出了具体地名，“为什么是名古屋呢？”

“理由过一会儿再说。咱们还是往后梳理，你继续说后来又发生了什么。”

“后来发生了一件奇怪的事。6号包厢那个自称根本的男子，走出包厢一关门，包厢门竟然从里面自动锁上了，于是大闹了一番。据说，包厢的门只要用力一关，就有可能自动从里面上锁。”

樱井走到最近的一间包厢，给他们做了一下示范。他把搭扣置于正上方，然后走出去用力把门关上，搭扣落下来，门很容易地就上了锁。

“但是，我不认为这是计划中的一部分……”樱井说道。

“不，他们甚至还进行过演练。如果是单纯的失误，他们就不会纠结于这么无聊的事。所以，这是他们计划的一部分，想故意把包厢变成一个进不去的密室。”

“目的是什么？”

“你不是说过，由于房门被锁他还大闹了一场吗？”

“那是根本因为打不开包厢的门而生气，把门把手弄得‘咔嚓咔嚓’响，还用脚踹了门。”

“我想，那就是目的。”

“弄出声响？”

“是啊。”

“的确，这也是其他乘客走到过道上的原因。”

“目的还有一个，他们想通过踹门和吵闹，确认一下大臣等五人在服了安眠药之后是否睡着。如果没人出来，就如同他们计划好的，说明武田等人都已昏睡。”

“正是如此。我当时也觉得奇怪，6 号包厢的门被踹，发出那么大的声响，为什么在 5 号包厢的安全警卫却无动于衷。”

“就这样，罪犯们确认五个人都睡着以后，这一计划终于到了最后的收官阶段。一个自称高田的男子，在列车之外的某个地方给国铁挂了电话。他说，凌晨 2 点，安放在下行‘隼鸟号’1 号车厢的定时炸弹将会爆炸。”

“高田为什么要自报姓名呢？”

“到了这一步，以前所有的谜全都解开了。”说到这儿，十津川打了一个响指。

“您指的是什么？”

“有关高田的事。3 月 27 日下行‘隼鸟号’上田久保凉子被杀，高田的名字浮出水面。他本可以隐姓埋名，却故意主动把自己的名字报给了杂志社记者青木。结果，我们盯上了高田。当时，我怎么也弄不明白，聪明的高田为什么会做这样的傻事。个中原因，总算弄明白了，高田是想让我们记住他的名字。如果只说安放了炸弹，就会被认为是在搞恶作剧而不被理睬。但是，如果说出高田这一名字，因为打电话的是警察正在监视的人，人们就会相信这是真的，从而把列车停下来。高田在上一个案件中故意把自己的真实姓名暴露出来，就是为了实施这次行动而进行的布局。”

“就是说，高田的精心策划顺利得以实施。”

“是啊。现在想来，我们也在高田的计划中扮演了一个角色。当国铁询问我们时，一听到高田这一名字我们便忠告他们，马上停车让1号车厢的乘客避险。我们轻而易举地落入了高田的圈套。”

“列车停车后，就像是陷入了连续不断的噩梦之中。”樱井说道，“爆炸声响起，白色烟雾充满过道。由于大臣一行五人的包厢都上了锁，所以我们忙于开门，忙于把失去知觉的大臣及随从背出来，根本没注意周围的人在干什么。真对不起。”

“责任不在你。面临那样的事态，谁都会首先想到救人，哪有时间考虑罪犯。”

“看来，这起案子还真是经过精心策划的。”龟井说道，“让列车停车、制造第一次爆炸和白色烟雾、注射氰化物，这一系列行动稍有差错恐怕计划就难以完成。”

“所以说，1号车厢的九名乘客都是高田同伙的可能性很大。”

“您认为，八木美也子也是同伙吗？”樱井问。

“她手里拿着包吗？”

“她没穿睡衣，应该拿着吧。”

“如果是那样，她拿着注射器的可能性很大。要查一查，大臣女秘书的朋友里是不是真有一个叫八木美也子的。如果她是冒充的，那么她去医院就不是为朋友担忧，而是为了确认大臣的生死。”

“我去查一下。”樱井说完，又问道，“您能告诉我，在名古屋安放炸弹是怎么判断出来的吗？为什么说，地板下的炸弹是在名古屋安放的？”

“我也想听一听。”龟井也插了一句。

十津川点上了一支烟，这是他整理思路时的习惯。

“我在想，为什么要进行第三次爆炸。爆炸的结果只是地板隆起数厘米，这次爆炸根本不是为了杀伤人。而且，与前两次爆炸不同的是，第三次没有喷出白烟，所以也不是为了制造混乱。”

“是为了恐吓吗？”

“如果是那样，安放在车厢内要比安放在地板下更有效。这样一来，第三次爆炸后发生了什么就成了问题的关键。”

“地板下的储水罐被炸漏，里面的水流出来了。”

“就是为了这个目的。”

“我还以为那是偶然的，没想到……”

“不是偶然的。我们都知道，这个案子计划周密，难以想象炸漏储水罐只是出于偶然。”

“可他们炸坏储水罐打算干什么？”

“消灭证据。”

“此话怎讲？”

“两个安全警卫，还有秘书们，他们都不记得是什么时候被人下了安眠药。尤其是那两个安全警卫，行动极为小心，大臣劝酒他们都没喝。尽管如此，他们却被人下了安眠药。如果是这样，我们能想到的可能性只有一个，那就是在一般的饮用水里掺入安眠药。列车每节车厢的地板下面都有一个储水罐，整个车厢都使用那里的水，他们就是往那里掺入了安眠药。”

“您是说，他们为了消灭证据炸坏了储水罐？”

“还能有别的意图吗？”

“大臣一行以外的九位乘客之所以安然无恙，是因为他们都知道饮用水里掺进了安眠药？”

“正是这样。所以我想，他们都安然无恙，才是证明他们与高田是同伙的最有力证据。乘务员之所以没有服用安眠药，是由于乘务室里没有包厢那样的洗脸池，没办法直接喝自来水。”

“但是，您为什么想到是在名古屋安放了炸弹？”

“今天我来这儿之前，在东京站问了很多问题。蓝色列车由于长途运行，需要中途加水。”

“这我也知道。”

“下行‘隼鸟号’中途要在六个车站加水。这六个车站是名古屋、大阪、冈山、门司、博多和熊本。名古屋不仅仅是第一个加水地点，而且在这里要给 1 号至 3 号[①] 车厢加水。在大阪是 10 号至 13 号车厢，冈山是 4 号至 9 号车厢。就是说，要想给 1 号车厢的储水罐掺入安眠药，只能在名古屋车站。此外，还有一点。”

“哪一点？”

“东海地区，尤其是名古屋市，现在严重缺水，自来水都要定时供水，只有上午 10 点到下午 3 点之间的六个小时有水。而给列车供水用的是自来水，并不是过去的供水塔。所以，要想给晚上 9 点 35 分开进名古屋站的下行‘隼鸟号’加水，需要用供水车。”

“您这么一说我想起来了，在研究第一个案子的时候，曾经讨论过田久保凉子的尸体有可能是用油罐车改装的供水车搬运的。”

“如果那个供水用的油罐车是名古屋的车牌号，那它很可能就是在名古屋站给下行‘隼鸟号’加水的。加水时，把几个装有安眠药的胶囊扔到 1 号车厢的储水罐里，再把凌晨 2 点爆炸的定时炸弹安放在 1 号车厢是完全有可能的。因为列车在名古屋停车长达五分钟。”

---

① 原文为 7 号车厢，可能是作者笔误，故改为 3 号车厢。

第十章　追踪

1

冈山县警察本部的部长采纳了十津川的推理。为了论证推理的正确性，整个搜查总部都投入了追踪调查。

首先，樱井拿出青木记者拍摄的八木美也子的照片让栗桥京子辨认。

京子一边喝着医院提供给他们的浓咖啡，一边盯着照片看了一会儿，说道:“这不是八木小姐。”

“果然不出所料。”

“您指的是什么?”京子不解地问。

“也许，就是照片上的这个女子杀害了大臣。”

“真的吗?”京子吃惊地睁大了眼睛，“可是，动机是什么?很难想象，大臣是因为遭人恨而被谋杀。”

“你真这么认为吗?”

“是的。”

“你怎么想?”樱井把目光投向了相邻病床的神谷秘书官。

神谷脸色很苍白，还时常伴有恶心。

“大臣是政治家，树敌很多是事实。可大臣主张男女平等，很难想象会被女性杀害。”

“动机可不只限于女性问题，你还记得两年前发生的五亿日元诈骗案吗？”

“当然记得，在那个案件中大臣是受害者，是有人盗用大臣的名片进行了诈骗。”

“我可听说，事情并非如此……”

“是谁在胡说八道！”神谷愤怒地抗议着。

樱井走出了病房，他还有很多事情要调查。

此后，十津川等人决定回东京，便把在三石的调查委托给了冈山县警察本部。他们觉得，这件案子的本源在东京，而且在三石该看的都已看完。

龟井在名古屋下了车，十津川和樱井回到了东京搜查总部。

樱井现在要做的第一件事，就是重新查看请高田律师担任辩护人的那三十二个人的照片。

他们都是由于刑事案件被起诉的，其中二十五人被判刑。这二十五人的照片警察都有备案，其他七个人的照片也已收集完毕。

樱井一张一张、仔仔细细地查看着这三十二张照片。

其中田久保信一已自杀，所以准确地说应该是三十一张照片。

樱井一一对比辨认着，他很清楚地记得下行“隼鸟号”上那九个男女的相貌。

樱井马上从中选出了九张头像。

“九个人全都在这里。”樱井向十津川报告。

“有意思的是，这里面还有一个男子曾经由于在银行安放炸弹进行恐吓，被判过八年有期徒刑。这次的三枚定时炸弹可能就是他制作安放的。”

“你把有关他的记录调取过来。”

“明白了。可是……”

“可是什么？”

“这三十二人中没有自称是八木美也子的女子。”

“想办法把她查出来。”十津川说道。

2

由于有过田久保凉子的先例，这次樱井与日下等刑警对三十一人中的十九名男子进行了家庭调查。

但是，在他们的家属中也并没有发现自称八木美也子的女子。看来很难找到她与高田之间的关系。

没有办法，他们只好去查找八木美也子本人。他们觉得，既然那个女子自称是八木美也子，也可能与八木美也子本人有关。

八木美也子半年前因结婚搬到了札幌，她的姓也随之改为市村[①]。

樱井带着嫌疑女子的照片飞往札幌，见到了市村美也子。可她看了照片后说，根本就不认识该女子。

樱井回到东京，向樱井报告说："无法再查下去了。只能等抓到她本人之后，让她自己供认了。"

"可她要是躲藏起来就不好找了。"

"也许那样，不过……"

"而且，应该还有可查的地方。"

"高田以及八木美也子周围的人都查过了。"

"应该还有一个，武田信太郎的周围。"

"您是说，该女子可能与武田有个人恩怨？"

"对。"

"可是，高田他们为什么要和这个女子组成联合阵线呢？"

"可能是有共同的利害关系。"

"仅凭这一点他们就联手一起杀人？"

"当然，仅仅有利害关系是不够的。但是，如果该女子由于两年前的五亿日元诈骗案对武田信太郎产生了仇恨呢？"

"您不是推理说，那个案件是武田下命令，由高田他们执行的吗？"

---

① 日本法律规定夫妻同姓，女方改为男方的姓氏，或男方改为女方的姓氏。但绝大多数日本女性在结婚后改为男方姓氏。

“是那样。不过，那件案子里有一个牺牲者。”

樱井不由得“啊！”了一声，因为他把这件事忘得一干二净。

“被怀疑为罪犯的中井良久，在接受审讯时割腕自杀了。”

“如果中井良久有家属，从高田那里得知武田信太郎才是真正的罪犯，她会很愿意与高田合作，参与到杀害武田运输大臣的计划中来。”

“的确如此。我马上去查一查。”

樱井不顾疲劳飞奔而去。

3

在名古屋下车的龟井给搜查总部来了电话。

“现在这边仍然非常缺水，酒店也在定时供水，真受不了。”

“不过，你好像心情不错，问题是不是弄清楚了？”

“情况是这样的。给列车加水，一般都是用铺设在线路旁边的自来水管。但现在正处于非常缺水的状态，实行定时供水，所以夜间到达的列车就无水可加。这种情况下，往往会到其他车站加水。就拿下行‘隼鸟号’来说，如果不能在名古屋加水，就要在上一站静冈或下一站岐阜加水。但这次的异常缺水波及整个东海地区，静冈、岐阜都在定时供水。下行‘隼鸟号’到达静冈是晚上7点13分，由于静冈处在夜间控水时段，无法给列车加水。岐阜的情况也一样。没有办法，只好在名古屋用供水车给列车加水。这一措施主要是针对下午4点以后到达的长途列车。一般情况下由名古屋自来水管理局负责加水，但目前由于局里的供水车数量不足，需要以委托的方式征用一些民间供水车。”

“就是说，那天给下行‘隼鸟号’加水的供水车是民间委托公司提供的？”

“是的，而且经营者以及供水车都不见了踪影。经营者的名字是……”

“柳沼良一，四十岁……是不是他？”

“您是怎么知道的？”

“在那三十二人名单中，有一个现住名古屋市内的人。那个人就是四十岁的柳沼良一，他应该还有一个弟弟。”

“据名古屋车站说，那天加水时，柳沼让一个年轻男子开车，他自己坐在副驾驶席上。由于柳沼一直承包着给夜行列车加水的工作，所以车站对他很信任。”

“我想，3月28日，就是这兄弟俩把田久保凉子的尸体装进供水车的水罐里运到多摩川的。那次在名古屋车站给下行‘隼鸟号’加水的也是他们吧？”

“这个我也查过，他们兄弟俩的确在3月27日给下行‘隼鸟号’加过水。27日晚9点35分下行‘隼鸟号’到达名古屋，他们能不能在给列车加完水后驱车赶到冈山，在那里接手田久保凉子的尸体并运送到多摩川？”

“那可不对。如果在名古屋车站加完水，水罐应该是空的。如果再给水罐加满水，追赶以平均一百公里时速飞驰的蓝色列车，并且一直追到冈山站，是极其困难的。有可能是柳沼兄弟的加水车在中途等候，由别的车从冈山把田久保凉子的尸体运过去，而这辆车可能就是中村朗的那辆跑车。”

“这么说，柳沼兄弟是在名古屋等候？”

“不，不是名古屋。”

“为什么？”

“名古屋市在定时供水，要想给供水车注水绝非易事。而且，整个东海地区都处于异常缺水状态，所以他们应该在东海地区以外的地方等候。就是说，他们在大阪或神户附近加水，并在那里等候。”

“有道理。”

“你找到柳沼兄弟往1号车厢的储水罐投放安眠药，并且安装定时炸弹的证据了吗？”

“我去他们兄弟二人经营的运输公司事务所查过，车库里只有中型卡车，关键的供水车不见了踪影。”

“因为那是物证，可能打算藏匿到某处。”

“账簿和其他文件好像都被烧毁了，事务所内空空荡荡的。我请当地的警察对柳沼兄弟和那辆供水车进行了通缉。因为是特殊车辆，马上就会找到。”

“也许早已沉到了海底。”

“也有那种可能，毕竟这里离海港很近。我已经请他们去寻找了。”

“柳沼不简单，竟然能揽到在名古屋车站加水的活儿，他有什么门路吗？”

“据说花了不少钱。其实，这个活儿只有缺水时才有，还要受人委托，而且也没有多大赚头。尽管这样，柳沼兄弟还是拿出一大笔钱，从原先的经营业主手中拿到这份活儿，而且还买了二手供水车，大伙都说他们俩是好事之人。”

“那笔钱可能是高田出的。”

“我原来也那么想，所以到与柳沼有业务往来的M银行查了一下。他是从3月1日起开展加水业务的，而早在2月25日，有人从东京将一千五百万日元汇到了他的活期存折上，但汇款人不是高田。”

“是谁？”

“中井裕子。我想，这可能是假名……”

“不，是真名。”

“您知道这个名字？”

“如果我没猜错的话，我们应该知道她是谁。”十津川说道。

与龟井通完电话过了五六分钟，樱井又来了电话。他兴奋地说：“就像您说的一样，中井良久的遗孀就是自称八木美也子的女子。她的真实姓名是……”

“中井裕子……对吧？”

“您怎么知道？”

“刚才，在名古屋的亀井君告诉我的。她最近有没有处理一些资产？”

“就像您说的，丈夫中井良久自杀后，她处理了东京的房产回到了新潟的老家，但她现在不在新潟。”

“我想，田久保凉子被杀后，也是她当替身乘坐下行‘隼鸟号’一直到西鹿儿岛的。据说她长得很像田久保凉子，也是一个大美女。”

十津川很满意地放下了电话。

他想，尽管眼看着武田运输大臣被杀令人感到遗憾，但这一下可以对那些凶手签发逮捕证了。

“吹田君，我去见一下署长。”

十津川刚起身，一个年轻的警察慌慌张张地跑进屋来。

“警部，有人要见您。”

“谁？”

“他说是高田律师。”

“你说什么？”

4

十津川半信半疑，可走进来的人毫无疑问就是那个高田。

高田冷静得令人生厌。

“我自己送上门来，你们是不是很惊讶？”

高田随意找了一把空椅子坐了下来，脸上浮现出一丝冷笑。

（这家伙为什么要笑？）

十津川感到有些诧异，说道：“的确感到有点儿意外。不过，反正早晚你也会被捕。你是不是预感到这些，所以才来自首的？”

“我是觉得有必要才来自首的。”

“你是不是在盘算，通过自首把死刑改为无期？”

“我可不是打那种小算盘的人。”

“那你说的‘有必要’指的是什么？”

“到明天就会真相大白，你们也就知道了。”高田很神秘地说完，又冷笑了一下。

“到明天会知道什么？”

“那可不能说。等到明天下午 3 点，我会把一切和盘托出。”

“我们想让你现在就说清楚。”十津川说着，故意慢慢地叼起了一根烟。

高田换了一个姿势，翘起了二郎腿。

“简单地说，就是我杀了武田信太郎。现在我能说的就是这些。”

“田久保凉子也应该是你杀的吧。”

“的确，我忘了，这我也承认。这下行了吧，我已认了罪，希望今晚能在拘留所美美地睡上一觉。放心，明天我不会食言。”

“我还想听听你同伙的事。”

“我的同伙？”

“别装糊涂，至少有十一个男女协助你策划并实施了两项谋杀计划。这你承不承认？”

“关于这一点，今天我什么都不想说。我已承认了两桩谋杀罪行，此外的事我今天不能说。你们再逼着我说，我就回去了。”

说完这些，高田突然开始沉默不语了。无论十津川怎么劝说他，高田就是不开口。

没有办法，十津川只好让人羁押了高田。

“你怎么想？”十津川征求了一下吹田的意见。

年轻的吹田有些得意地说：“他是在拖延时间。”

“然后呢？”

“他故弄玄虚，吸引我们的注意力，然后趁此机会让他的同伙逃跑。除此之外他还能有别的意图吗？”吹田的话语里充满了自信。

“可是，警方对高田、中井裕子、中村朗，以及乘坐 1 号车厢的九个人，马上就会以杀人罪签发逮捕证，进行全国通缉。另外，对曾请高田做辩护人的其他人，也会作为重要嫌疑人进行通缉。高田无论怎样拖延时间，结果都会一样。还有，他说的明天下午 3 点到底是什么时限呢？”

“可能是想让他的同伙逃往国外吧。”

“你是说，他的同伙预谋明天下午 3 点逃离日本？”

“是的。那样的话，就能理解高田为什么盯住明天下午 3 点不放了。等确认同伙逃离日本后，他打算把一切都供出来。不是吗？”

“可是吹田君，通缉令会送达全国各个机场和港口。”

“那么，您认为高田的意图到底是什么？”

吹田又一次带着挑战的目光问道。吹田还是不够老练啊，十津川苦笑了一下。

“我也不知道，所以现在正犯难呢。”

十津川如实地回答。吹田听后，眼神里闪过一丝轻蔑。

5

下午 4 点，警察署对高田等十二人签发了逮捕证，并马上向全国颁发了印有罪犯照片的通缉令，尤其是在全国的机场和港口都重点配备了警力。

晚上7点过后，十津川正在吃晚饭，龟井从名古屋回来了。

龟井一见到十津川便问："我听说高田来自首了？"

"几个小时前，他一个人前来自首，承认了两桩谋杀案的罪行。还有一桩是蓝色列车乘务员的死亡案，到底是事故还是他杀，等到明天他会供出来的。不过他说，不到明天下午3点，他不会说任何细节。"

"是不是为了让同伙逃跑而拖延时间？"

"吹田君也这么说过。不过，他的同伙正在被全国通缉，不存在拖延时间的问题。"

"根据把时间点定在明天下午3点的情况来看，他们能不能又在某个地方安放了定时炸弹？"

"定时炸弹……"十津川自言自语道，"不对。如果是那样，他藏在某个地方看结果就可以了，不必特意前来自首。"

十津川和龟井最终也没能做出判断。

被拘留的高田把送去的晚饭吃得精光，晚上9点便开始轻声打起鼾来。

天亮了。

早饭后，高田从拘留所被带到了审讯室。可他仍然强调，不到下午3点什么也不说。

他已承认了两桩杀人案，所以也无法威胁他说保持缄默对他不利。

没有办法，只好暂且把他送回拘留所。到了下午3点，警察再次把他带到了审讯室。

十津川在高田的对面刚一坐下，就来了个先发制人："十五分钟前，中井裕子在新潟被捕了。"

可高田面不改色，只说了句："早就告诉她早点儿逃到国外，真是个蠢女人。"

"下午3点到了。按约定，你该说出一切了吧。"

听了十津川的话，高田抬头看了看墙上的电子钟。

"在此之前，我有个请求。"

"什么请求？"

"本周的《新时代周刊》今天下午3点开始在市面销售，给我买一本。"

"《新时代周刊》？你等到下午3点，就是为了这个？"

"你以为是为了什么？"高田的目光带着嘲讽。

"那是为了……"十津川刚说到这儿，便停下来喊了一声龟井，"你出去买一本新出版的《新时代周刊》。对了，要买五本。"

"上面刊登了什么？"

"不知道。"

龟井立刻跑了出去。不一会儿，他又喘着粗气跑了回来。

"您看这儿。"

龟井用手指敲打着印在封面上的标题说道。封面上写着:

真凶手记曝光——杀害武田运输大臣的可怕真相!

十津川把一本杂志扔到高田面前。

“这是你的手记吗?”

“是我昨天交给杂志社的,写了武田是多么卑鄙的人,我为什么必须杀掉他。恐怕你们并不知道他是一个什么样的家伙。”

“你是说,两年前五亿日元诈骗案的主谋是武田信太郎?”

“你怎么知道?”高田瞪大了眼睛。

“因为你们杀害武田信太郎不会有别的原因。而且我们认为,武田会干出那种事。武田为了弄到自己的竞选资金,利用你们谋划并实施了一个缜密的诈骗案,对不对?当然,武田会承诺,等他当选要职后给你们一个回报。可后来,尽管武田坐上了大臣的交椅,却并没有兑现当初对你们的承诺。所以,你们就利用他乘坐蓝色列车荣归故里的机会杀害了他。没错吧?”

“真不愧是警视厅,知道得这么详细。当武田带着五亿日元诈骗计划来求我的时候,他承诺:如果他荣升为大臣,要给我那些有前科的好朋友相应的谢礼,如果他们开展某项业务就给提供方便。所以,他们都很高兴地协助了我。当今这个社会,只要有过前科,生活就会很艰难,如果有个政治家做他们的靠山，他们就会受到鼓舞，增强信心。所以，他们协助我完成了那起诈骗案。武田也利用那些钱成功当选，甚至还当上了大臣。当武田荣升大臣的时候，他们那些人还给他送了贺礼。”

“可武田并没有践约。”

“如果只是那样，我们也不至于杀他。”

“你的意思是……”

“我的两个伙伴被他谋杀了。”

“你说的是谁？”

“一个是田久保信一。”

“他不是自杀的吗？”

“警方是按自杀处理的，但我认为是他杀。”

“可是，武田为什么要杀田久保信一？如果想清除知道这起诈骗内情的人，应该把你们全部杀掉才对啊？”

“不，没有任何证据证明武田曾经求我们帮他诈骗，所谓回报也只是口头承诺。但是，田久保手里却有他的一张名片。”

“为什么田久保手里会有那张多出的名片？”

“因为田久保是山田印刷所员工高梨一彦的朋友。”

“高梨不是由于请你辩护过才参与合伙诈骗的吗？”

“恰恰相反。高梨是田久保的朋友，是田久保来求我，所以我才给高梨一家做了辩护。”

“后来呢？”

“高梨多印了一张武田信太郎的名片，我们就是利用这张名片实施了五亿日元的诈骗。当然，多印一张名片是经过武田允许的。但是，当时高梨多印的不是一张而是三张。高梨可能认为，既然这个名片有这么大的威力，也许以后还能派上用场。于是，高梨从没用过的那两张名片中分出一张给了他的朋友田久保。武田可能知道了此事，先把高梨干掉了。”

“不是你们杀的？”

“我不会杀害曾请我辩护的人。”高田断然否定。

“你是说，田久保信一被杀也是由于他手里有武田的名片？”

“我相信是那样。田久保有只顾自己的毛病，他可能以那张名片作为把柄对武田进行了敲诈。不管怎样，田久保已经死了。我召集大家商量杀掉武田，大家马上都表示了赞同。”

“中井裕子也是你召集来的？”

“是的，她自己主动承担了用注射器注射氰化物的任务。这也说明她是多么爱自己丈夫。”

“但只有田久保凉子一人表示了反对？”

“最初她也赞成，但中途感到害怕便开始反对。不仅如此，她还要向警察告发。没办法，我们把她杀了。这一切本来很顺利，但我们犯了一个错误，没有注意到凉子的手提包里装着田久保手里的那张武田的名片。那个手提包是田久保作为结婚纪念送给她的，虽然已经很破旧，但她仍很珍惜地带在身上。因为名片在包内裂口的缝隙里，我们没有注意到。正是由于这个失误，你们警察才注意到该案件与武田有关。”

“那次是一场预演？”

“是的。”

“实际上，你们并没有把青木记者移到‘富士号’列车上，对吧？”

“嗯，那只是一个无聊的小把戏。”

“在冈山弄下车的是田久保凉子吧？”

“我们事先准备好了男人的大衣、裤子，还有鞋，杀了她之后给她换上。因为是单人包厢才能办到。不过，换装比弄死她还费劲。”

“蓝色列车上的乘务员北原也是被你们杀害后，又被伪装成因意外事故身亡的吧？”

“他这个人比较懦弱，常常酗酒，而且嘴不严，我们怕他在行动开始前把事情泄漏出去使计划泡汤，所以就干掉了他。现在想来有点儿对不起他，我们买蓝色列车单间卧铺车票时，他帮了不少忙。”

“他为什么与你合作，为了钱？”

“有那方面的原因。在这个世上，哪有不喜欢钱的。此外，他曾经为了家里的事找我进行过咨询，所以我算是有恩于他。看来卖个人情还是有好处的。”

“在这次案件中，大臣一行五人喝了掺入安眠药的水都在包厢里睡着了，这给你们作案提供了极大方便。你们想过会如此顺利吗？如果当时那两个安全警卫没有喝水，没有睡觉，你们将会怎么做？”

“当然，我们也没想过五个人都会睡过去。尤其担心担任护卫的那两个安全警卫不睡觉，怕他们滴水不沾。所以，我特意安排，努力让他们喝水。”

“做了什么努力？”

“武田信太郎说，他要在餐车吃晚饭，这是为了标榜他的亲民。安全警卫当然也会来餐车。我告诉同伴，要劝他们喝酒，而且要不停地劝。”

“安全警卫不可能喝酒。”

“那当然。”高田笑了，“我们预计他们会拒绝才不停劝酒的。因为安全警卫始终处于紧张状态，嗓子自然会发干。如果这时被人劝酒，由于心理原因，就会更加口渴。但他们在餐车上不能喝水，只能等回到自己的包厢里才能松一口气放心喝水。人们都有一种可笑的想法，认为公共用水就是安全的。我们这一计划非常成功。不过即使安全警卫没有睡，也不会给我们带来太大的麻烦，因为我们的舞台是卧铺特快。即使武田在包厢里睡着了，安全警卫也无法确认他是正常睡着的，还是服了安眠药睡着的。直到炸弹爆炸引起骚动时，他们才会发现大臣已失去知觉从而惊慌失措。我们有九个人在1号车厢里，完全可以趁着骚乱控制整个车厢。不对，九个再加一个，一共是十个人。即使两个安全警卫醒着，在那充满白色烟雾的狭窄过道上，他们也根本不可能控制住十个人。”

“这种情景，你们在3月27日的下行‘隼鸟号’上也都演练过？”

“当然了。可实际上，他们五个人都睡着了，所以我们毫不费力就把事办成了。其实，在那狭窄的过道上，想阻止安全警卫的行动非常容易。”

“《新时代周刊》怎么会同意刊登你的手记？”

“不管怎样，这可是独家特稿。而且宫下总编和我约定，只要我自首，他就相信手记上的内容。所以，我昨天到这儿来自首，并不是来认罪服输的。《新时代周刊》确认我自首后，才下决心出版销售。我再强调一下，这篇手记不带有私愤，只是公愤。”

“你是说，你在伸张正义？”

“正是。这篇手记是对一个丑陋政治家的控诉，同时也是对当今腐败透顶的日本政坛的一种警告。我说这些，足够说明问题了吧？”

“不，还不够。”

6

“怎么还不够？”高田皱起眉头，瞪眼看着十津川。

“你们杀害武田信太郎的动机，还是不清楚。”

“就像手记上写的那样，是为了伸张正义。还有，他背叛了我们。”

“我可不信你们说的这些漂亮话。”

“我不是说了嘛，他背叛我们也是杀他的动机之一。”

“这个动机应该更强烈。就算武田信太郎是个坏人，可你们知道他做了哪些坏事，本可以用这个威胁他一下。比如，他不拿钱你们就把丑闻写出来捅到报社，等等。”

“你说这些话，是因为你不了解武田的为人。”

“那你告诉我，他是个什么样的人？”

“他是一个既狡猾又小心谨慎的人。五亿日元进了他的口袋，但他不会留下任何证据。而且，只要他活着，这个手记恐怕就不会公开刊登，他一定会插手杂志社阻止此事。所以，为了伸张正义，只能杀死武田。”

“你和武田信太郎到底是什么关系？”

“我对他抱有一种幻想，就是想通过他，给那些有过前科的人带来美好生活。可是，他只是利用了我们而已。”

“你自己不是也曾经想加入到丑陋政治家的行列吗？难道你不是为了步入政坛才为武田信太郎诈骗了五亿日元吗？结果，进展不顺利，所以你才愤然起了杀心。事情不就是这样吗？还有，你和武田信太郎之间，难道没有更加错综复杂的关系吗？”

“你在说什么？”

“你与武田信太郎有着难解的孽缘。我们调查过你的各种情况，其中最让我们感兴趣的是你的大学时代。你当了律师后向往权力，可更令我们感兴趣的是，你在大学时代竟然是一个无政府主义者，甚至还参与过恐怖活动。大学四年级时，你所属的小团体在M物产公司总部的计算机房里安放了定时炸弹，好在即将爆炸时被人发现。因为此事，你们的小团体中有四人被逮捕。可奇怪的是，你作为小团体的头目却全身而退。不仅如此，以此次事件为契机，你成了一名勤奋刻苦的学生，还通过了司法考试。”

“这些都是过去的事了，早忘了。”

“是你出卖了那些伙伴。我们就此事曾问过警方的有关人员，他们说情报是由初次当选为议员的武田信太郎提供的。武田信太郎既是议员又是你的学长，你哀求他，以出卖你的伙伴为代价，免除你的罪责。武田当时在众议院担任法务委员，经他的斡旋，你免于被捕，也没有了前科。如果有前科，你是不是就当不了律师了？”

“我说过，这都是过去的事了。”

高田把头扭向一边，但十津川仍在继续说着。

“就是说，武田信太郎知道你干的那些见不得人的事，他手里捏着你的把柄。所以，即使武田信太郎背信弃义你也无计可施。正因为如此，你更加满腔怒火，制订了谋杀他的计划。这哪里是什么公愤，明明是私愤嘛。”

“我不想和你谈《新时代周刊》手记以外的事。”

“我还有一个疑问，你的那些同伙为什么那样顺从你帮你杀人？中井裕子由于心爱的丈夫因武田信太郎而被迫自杀，她会很高兴地加入到你的计划中来，但是其他人为什么跟随你去杀人？”

“当然是由于我有恩于他们。我作为一名律师，始终对委托人怀有一种关爱，尽全力为他们进行辩护。如果被告人家里贫穷，我甚至不收律师辩护费。也许就是这些原因吧。”

“我知道你是一名优秀的律师。但我不相信，仅仅是出于感恩，他们所有人都愿意帮你去杀人。就连因为伤害罪只被轻判了一两年的人也帮你去杀人，这有点儿不合情理。”

“但是，他们所有人确实协助了我，难道你不承认这个事实吗？”

“只有一种可能。律师这个行当，不管是否愿意都会了解到当事人的一些秘密。因为对委托人来说，律师是唯一的依靠，在律师面前他们会把一切毫无隐瞒地和盘托出。当然，在法庭上律师不会说出对委托人不利的秘密。可在法庭外，律师可以轻而易举地以这些秘密作为把柄要挟委托人。你一边为他们辩护，一边调查委托人的隐秘，并以此为武器迫使他们顺从你。等把他们逮捕了，这些事也就清楚了。”

“……”

高田沉默不语了，看来十津川的话一语中的。

当十津川走出审讯室时，他并没有怡然称快，而是显露出一种失望的神色。

他直接叫上亀井走到街上。

“高田好像还没有意识到他和武田信太郎是同一类人。”

走在柔和的午后阳光下，十津川似乎在发泄内心的积郁。

“警部，他为什么要来自首？仅仅是为了在《新时代周刊》上发表手记吗？”

“他是为了满足自己特有的自尊心吧？他到最后也想逞英雄。不过……”

“不过什么？”

“如果只是为了这些，还是难以理解。”

“警部。”

“什么事？”

“也许与此事没什么关系，但听说高田在被拘留期间曾在饭后呕吐过两次。大多情况下，犯人自首以后就会放下心来，食欲也会增加。”

“呕吐过两次？”

“他是不是有什么疾病？”

“你这么一说我倒想起来了，他是在广岛出生的吧？”

“经历过原子弹爆炸”这句话，在十津川脑海中闪过。

但即使如此，高田也不会承认疾病在侵害他的身体。因为他不想让人们以为他是由于这个原因自首的。

当走到车站附近的书店门口时，亀井意外地说：“奇怪，

《新时代周刊》怎么没有了？”

“因为你买五本都买光了吧？”

“不对。我是在车站的卖店买的，不是这家书店。”

在另一家书店的门前也没见到《新时代周刊》。

“这有点儿奇怪，我去问问。”

龟井走进书店两三分钟后，带着兴奋的表情走了出来。

“果然不出所料。我让这家书店问了一下杂志社，他们回答说，这一期的《新时代周刊》已经售罄。”

“销售一空？不是今天才发售的吗？”

“是啊。他们说杂志社里一本库存都没有了，而且也不打算增印。”

“就是说，有人全部包买了？”

“是的。包括今天市面卖的，全都被包买了。”

“这就是所谓的‘捂盖子’，文过饰非。”

“如果人们知道了武田信太郎是五亿日元诈骗案的元凶，有很多人就会陷入困境。”

“高田会很失望的。”

“怎么办？”

“那还用说嘛，彻底调查此案，弄清事实。当然，五亿日元诈骗案也要查清楚。而且，要把了解到的情况不断地在记者招待会上发布。至于写不写报道是媒体自己的事。”

十津川看了一下手表。

“到时间了。”

“什么时间？”

“还有两个小时，中井裕子将从新潟被押解到这里。现在我们就去羽田机场，从她那里进一步了解案情，弄清案件的真相。这仅仅是一个开始。”

【本书的列车时刻参考了昭和五十三年（1978）10月号的时刻表】